VIVIR DEL CUENTO

Juan Félix Algarín Carmona *Isamarí Castrodad* *Shara Lávender*
Blancairis Miranda Merced *Héctor Morales Rosado*
Luccia Reverón *Sandra Santana Segarra*
Andrés O'Neill

VIVIR DEL CUENTO

antología

Foto de portada: ©2008 Giorgio Fochesato, *Lonely in the Fog*

Fotografias de los autores: Juan R. Prieto

Logo: John David Miranda (JDM), jdm.freelance@gmail.com

ISBN: 978-1-935163-12-1

Gran Premio Nuevas Publicaciones
X Feria Internacional del Libro de Puerto Rico 2007

Terranova Editores
Cuartel de Ballajá
Local V
Viejo San Juan, Puerto Rico 00901
Telefax: 787.725.7711
email: eterranova@prtc.net
www.terranovaeditores.com

P.O. Box 79509
Carolina , Puerto Rico 00984-9509
"Leer está de moda; regale un libro"
Impreso en Colombia por Panamericana Formas e Impresos S.A.

Contenido

PRÓLOGO

Vivir del Cuento surge como resultado de la inquietud de los estudiantes por manifestar los conocimientos aprendidos en el Programa de la Maestría en Creación Literaria de la Universidad del Sagrado Corazón. Nuestro propósito literario no es tan sólo de creatividad sino también de compromiso con los postulados que promulga el quehacer académico de las letras. No existimos para escribir por el arte mismo, sino para honrar el arte de escribir en nuestra lengua. Somos escritores novísimos y pretendemos validar la contención de que el cuento, aún enmarcado dentro del rigor académico, puede ser libre en su forma, despuntar como un arte exquisito y, a la vez, ser un paradigma del pensamiento de los escritores emergentes del siglo 21. Esperamos que nuestro talento combinado con las destrezas adquiridas como estudiantes de las letras, sea merecedor de respeto independientemente del espíritu creativo, aventurero y tal vez un poco irreverente de nosotros como artesanos de la narración escrita.

Prueba de esto es la amalgama de escritores que componen el grupo Vivir del Cuento; todos cuentistas y algunos con alma de poeta, pero todos soñadores irremediables. La diversidad de edades de sus miembros (desde los 27 hasta más allá de los 60) y la variedad de estilos, temas y visiones de vida, sobresale en esta propuesta literaria de nuestro colectivo.

La temática narrativa de las obras incluidas recorre desde la irreverencia de revivir los temas criollistas, el humor negro, la sexualidad, y lo detectivesco. Algunos se adentraron en lo fantástico, lo mágico, los juegos con el tiempo y el espacio, hasta llegar a lo atrevidamente experimental de una narración con bases de un Heavy Metal postmodernista.

No podía faltar en esta antología un reconocimiento a la brevedad. Cada narrador aportó un cuento hiperbreve, como un ejercicio de los tiempos en que nos ha tocado vivir, en donde la agilidad y la brevedad cónsonas con los avances tecnológicos se unen a la pluralidad cultural de nuestra gente. Quizás alguien podría intentar clasificar o enmarcar los cuentos incluidos en esta antología de los Vividores del Cuento, en algún estilo literario o ideológico; sin embargo, para nuestro colectivo, lo más importante de esta producción literaria es que cada tema refleje el respeto y la dedicación al rigor intelectual que exige el oficio de la narración contemporánea.

Colectivo Vivir del Cuento

TAL COMO SOY: UN DEMONIO

por Shara Lávender

We're reaching for death
On the end of a candle
We're trying for something
That's already found us
JAMES DOUGLAS MORRISON (1943-1971)

Llego hasta el camposanto con la sola idea de ver la tumba, tras diez años de tu extraña muerte. A decir verdad, ya había visto el nicho en la prensa, pero en aquél momento imaginé que no estabas dentro y, como decían algunos críticos de rock, habías huido a África para ser poeta en lugar de cantante.

Camino lentamente con un mapa. Al fin estoy en el famoso cementerio Pére Lachaise, al noreste de París. Cruzo el portón y escondo la cara detrás del papel, para aspirar un poco de coca. Es increíble que hayas decidido descansar aquí, Jim, junto a Balzac, Moliére y Marcel Proust. Eres toda una celebridad, todo un hito en la historia.

El cementerio donde yaces tiene apariencia de laberinto. Trato de entender el mapa, pero es una madeja de cruces entrelazadas. Siento náuseas, me mareo al pensar que el verano pronto termina y que llegué justo a tiempo para celebrar contigo el aniversario de tu muerte. Diez años ahorrando, diez años para ver tu tumba. Pero hay miles de tumbas. miles de tumbas, Jim Morrison, ¿cómo quieres que te encuentre? Los monumentos funerarios y la arboleda le dan un toque romántico al lugar. Debe haber miles de árboles aquí, sombreando tu morada. Las figuras y los santos sobre las magníficas tumbas atrapan mi atención. Curioseo sin mirar el mapa que no entiendo porque no sé francés, así que trato de adivinar quién descansa dentro de qué sarcófago.

Saco una botella de mi mochila y la agito para mezclar el whisky. Doy un sorbo y me parece escucharte: *Please show me the way to the next whisky bar,* debo estar cerca de ti, te oigo cantar. Me detengo frente a una tumba marcada con labios. Besos pintados de distintos tonos sobre una lápida que lee: Oscar Wilde. Envidiable. ¿Por qué no pude hacer algo digno de admirar? ¿Habrá quién visite mi tumba? ¿Quién se acuerde de mí?

El día está muy claro, pensé que al traspasar el pórtico las nubes cubrirían mi espalda, como en las películas. Estoy decepcionada. No me gusta la coca con tanta luz. Me provoca sofocones. Me doy otro trago de whisky con agua mineral y camino hacia la derecha. ¿Dónde estás Jim? ¿Dónde estás mi amor? ¿Dónde estás?

Qué manera de morirte... Íbamos a conocernos... si ella no te hubiera traído aquí, pero ¿por qué le hiciste caso, tonto? La Pamela esa, tu Pam; yo iba a ser tu Camila, tu Cam, ¿por qué no fuiste al maldito concierto? Me dan ganas de reír y orinar. Me escondo detrás de la tumba de María Callas, lamento orinarte, le digo riéndome y veo la inscripción, luego el mapa y sigo sin entender. Maria Anna Cecilia Sophia Kalogeropoulus: tremendo nombre. No me gusta la ópera clásica, ¿qué tengo que lamentar?

Aspiro más coca. Uso un pequeño tubo cromado, no quiero derramar nada sobre la tumba de la gran diva. Siento una especie de goma en la garganta, por lo que bebo un poco más de licor y preparo un cigarro de Purple Haze, tu hierba favorita Jim, tu favorita.

Entonces canto para ti, dejo que me escuches cantar y sólo escucho mi voz entre el acertijo de criptas que nos rodea. *You know that it would be untrue, you know that I would be a lier, if I ever say to you: girl we couldn't get much higher come on baby light my fire.* Enciendo el cigarro y camino con el humo en las narices, confundida con la basílica que me rodea.

¿Por qué no está aquí Jimmy Hendrix? ¿O Janis Joplin? ¿Será porque sus muertes fueron auténticas resacas de heroína y no una multitud de rumores? ¿Será por qué realmente ellos sí murieron y tú sólo finges, Jim? ¿Dónde descansas amor? ¿Dónde por fin seremos uno y me convertiré en alguien memorable, así como tú? Entonces me visitarán y mi tumba se llenará de flores, velas, fotos, pinturas, drogas, miles de firmas adornarán mi lápida, y será como la tuya, como la tuya.

Me levanto sobre la punta de los pies y, apoyándome sobre la tumba de Víctor Hugo, veo la escultura de tu cara que se levanta sobre un nicho. He llegado. A mi mente vienen melodías lejanas: *I can see your face in my mind, now you cry, baby please don't cry, and don't look at me with your eyes,* empiezo a tararear y luego a cantar y, como hipnotizada por la música que oscurece el cielo, llego hasta tu tumba. Leo el epígrafe y saco del bulto el diccionario griego que conseguí durante los años que estuve planificando este momento. Me cuesta trabajo conseguir las palabras y siento que mis ojos brincan con tantos términos inexplicables. Miro el mapa olvidado ya por mi locura y escribo en la parte posterior cada una de las palabras según encuentro su traducción: TAL COMO ERA: UN DEMONIO.

Muy creativo, Jim, eres muy creativo. ¿Sabes? Me propuse visitarte al cabo de una década y aquí estoy, antes que lleguen todos a verte, antes que llenen tu tumba de besos y velas, de humo y alcohol; aquí estoy, Jim Morrison.

Coloco todo cuidadosamente sobre tu tumba. Separo la coca lejos de la heroína y pienso en nuestro festín. Enciendo otro cigarro y suelto lentamente el humo en tu cara, porque me gustas, porque por de Pamela te jodiste tú también; ella sí jugaba con agujas porque te envolviste con tu poesía. porque me ceñiste con tu musa. porque me gustas.

Toco con cuidado las flores que adornan tu tumba y quito las marchitas a un lado. Te traje una rosa azul, mi Jim, ¿por qué tardé tanto en venir? Eres hermoso, hasta hecho de piedra eres sublime, ¿será que descansas ahí? No miro las tumbas a tu lado. No me interesa saber quién más descansará junto a nosotros, solos tú y yo, y la gente que venga a vernos, en el aniversario de tu muerte y la mía. Y entonces ya nadie sabrá la causa de nuestro deceso y pensarán que, al igual que tú, me fui al continente africano en busca de ideas que nunca tuve.

Miro alrededor en busca de espectadores. Nadie nos mira, nadie apagará la música, nadie culminará nuestra fiesta. Derramo sobre tu tumba un poco de whisky de la botella de Jack Daniels, tu preferido; me doy un trago largo en tu nombre, Jim, en tu nombre. Te anuncio que llegó la hora de que me digas la verdad, toda la verdad sobre tu muerte. Dime Jim, si estuviste en el Circus, dime si fue allí que te encontraron sentado en el inodoro cuéntame si de veras estuviste en el cine con la maldita de Pam ¿luego te sentiste mal cuando llegaste al departamento? ¿O fue que discutieron y del coraje te dio un ataque cardiaco?... eso dicen los que se negaron a hacerte la autopsia. Dime Jim, necesito saberlo.

El cielo forrado de criaturas luminosas nos cubre. Las estrellas anuncian que es momento de que hablemos tú y yo. Dímelo Jim, ¿por qué te moriste antes de que nos conociéramos, antes que te enamoraras de mí y me dijeras tus poemas y me cantaras al oído y me hicieras famosa, así como tú? ¿Es que te metiste un cóctel de drogas? ¿Por qué no me esperaste Jim Morrison? Eres el Rey Lagarto, mi Lizard King.

Aún así, te doy el honor de probarla primero. Heroína parisina, de primera calidad, como la que supuestamente compraste para Pam y aspiraste tú solito muriéndote en la bañera en los brazos de esa puta. Esa, a la que le dedicaste tus canciones y te trajo a París a morirte como agonizó ella después, porque era una apasionada, una recelosa que sabía que tú y yo nos conoceríamos y por eso te trajo aquí, a morirte como lo que eres un demonio.

Termino lo que queda en la botella y escarbo las últimas partículas granuladas de cocaína. Coloco el sobre vacío sobre tu cabeza y un billete enrollado dentro del polvo de heroína. Le temo a las agujas, igual que tú Jim, igual que tú. Me percato de que perdí mi herramienta y me dan ganas de reír, mas no puedo. Vomito sobre tu tumba tal como soy: un demonio; escucho a lo lejos que me cantas: *this is the end, beautiful friend, the end. I'll never look into your eyes, again.*

SEMÁFORO

por Isamarí Castrodad

Luz verde:

Ernesto vigila de lejos a Karen. Es a la única persona a la que no ha sacado de su esquina. Piden por turnos, cada uno agita un vaso cuando cambia la luz.

Luz amarilla:

Karen no se sale del medio. Pide más, es arisca y no se conforma. Ve el carro acercarse, pero no se mueve. Agita el vaso y de repente lo ve volar, igual que ella.

Luz roja:

Ernesto corre. Llega hasta la acera en dónde cayó la chica. Titubea. Se vacía el dinero recolectado en el bolsillo derecho y no sabe qué más hacer. Entonces ve la sangre asomada bajo la cabeza de Karen. La multitud comienza a aglomerarse a su alrededor y él se arrodilla frente al cuerpo herido. La levanta un poco, pero ella no reacciona. Los miran con asco, lanzan frases de pena, pero ninguno hace nada. Ernesto se la echa al hombro. La sangre chorrea. Karen roja y él empapado, rojo también. Atrás todos murmuran, pero Ernesto no oye, sólo camina. Desaparece de la vista de los espectadores.

Luz verde:

Se reanudan las bocinas y todos se mueven. En el piso, la mancha roja se convierte en marrón.

Luz amarilla:

Llegan al punto. Ernesto llama a Piro, se saca todo lo que lleva en el bolsillo y se lo da. Piro regresa con una aguja preparada. Karen abre los ojos y hace una mueca violenta de dolor. Ernesto la besa. Nunca antes la había besado. Luego la inyecta y la hace sonreír.

Luz roja:

Le cierra los ojos y se va.

Yo soy ella

por Juan Félix Algarín Carmona

Iba a ser una mala noche. Marta lo sabía. Un presentimiento... lo sabía. Tanto, que cuando dejó a Rolandito, su hijo, con Matilde, la amiga que se lo cuidaba, lo dejó con una maleta llena de ropa y los libros de la escuela.

–Muchacha, pero ¿tú no piensas volver a buscarlo? –preguntó entre bromeando y sorprendida Matilde.

–Bueno, por si acaso –se limitó a contestar Marta.

Marta era madre soltera, luchadora. De día era secretaria, muy mal pagada, en el Departamento de Salud. De noche, bailaba todos los jueves en un elegante club nocturno para caballeros. Sabía que para muchas bailarinas eróticas aquél era un trabajo como cualquiera otro, y lo realizaban con orgullo. Pero a ella le molestaba, la denigraba, aun cuando lo hacía sólo una noche a la semana. Se sentía humillada, rebajada, como mercancía barata en escaparate. Intentó otros trabajos a tiempo parcial, pero requerían demasiadas horas del tiempo que ella tenía para educar y criar a Rolandito, y nunca eran remuneradas con justicia. Su dilema se redujo a eso: trabajar muchas horas mal pagas o trabajar un par de horas con muy alta retribución. Optó por lo segundo. Sólo por el amor que le tenía a Rolandito, Marta soportaba aquella situación.

La verdad es que gracias a ese trabajo salieron del gueto. Marta compró una casa en un barrio de clase media, y un auto compacto nuevo, mientras Rolandito comenzó a asistir a una escuela decente. Por eso, muchas noches Marta se acostaba pensando: "Señor, ¿qué me pasa? Yo debería estar agradecida de esta oportunidad, de poder hacer este trabajo." Pero mientras más trataba de apaciguar la conciencia, más se le rebelaba. Soñaba con frecuencia que era una joven esclava negra, raptada, prisionera en un viejo bergantín dando vueltas por el Caribe. Despertaba fatigada y con la mente turbada, pero cada vez más convencida de que ella era aquella joven esclava. Casi siempre tenía esa pesadilla los miércoles por la noche.

Llegó temprano al estacionamiento del club. Reclinó el asiento del auto y se dispuso a relajarse para liberar las tensiones del trabajo diurno y prepararse para lidiar con las tensiones del trabajo nocturno. Cerró los ojos. De pronto sintió que el auto flotaba sobre el agua. Percibió olor a salitre y escuchó el ruido de las olas batiendo contra el auto. Abrió los ojos, pero ya no estaba en él. Estaba en el viejo velero de sus pesadillas, y era ella, la esclava. Se llamaba Martha; nacida y criada en una hacienda en la isla de San Martín, por un viejo matrimonio francés que la crió y educó como una hija. Recordó que había ido al mercado a realizar unas compras para los amos y que mientras caminaba por la calle principal unos hombres se atravesaron en su camino y la empujaron hacia un callejón. Asustada trató de gritar, pero no pudo. Un golpe sólido sobre la nuca se lo impidió. Perdió el conocimiento. Cuando recobró la conciencia estaba en el camarote donde dormía el capitán y dueño del velero. Estaba atada de pies y manos. Por el movimiento oscilante y el ruido de las olas rompiendo contra la proa supo que estaban navegando mar afuera, que había sido raptada.

Marta sentía que era Martha. El pánico se apoderó de ella. Quería gritar y no podía. Se retorcía tratando de zafarse de las sogas que le ataban, sin tener éxito. Hasta que por fin, no supo si con los codos o con las piernas, de forma involuntaria sonó la bocina del auto y se despertó.

¡Que horrible pesadilla! Estaba sudada. Nerviosa. Asustada. Pensaba en regresar a la casa, cuando hizo la conexión; recordó que al otro día vencía la mensualidad de la hipoteca y que necesitaba completar el pago. Quiso llorar, pero detestaba asumir la vida desde el lado patético. Se contuvo.

Salió del auto. Las piernas le temblaban. "Cálmate Marta", se decía para tranquilizarse. "Así no podrás hacer tu trabajo. Entra. Túmbale doscientos pesos a esos enfermos y vete tranquilita para tu casa". Aún sobresaltada, caminó hacia la entrada del club. Cruzó la puerta y se dirigió hacia el camerino. Allí le avisaron que el jefe la buscaba.

El club tenía tres escenarios para que tres bailarinas realizaran su acto de forma simultánea. También tenía cubículos particulares para que las bailarinas realizaran bailes privados. Allí era donde se movía la plata en grande. Cerca del área de los cubículos estaba el jefe.

–¿Me buscabas? –preguntó Marta.

–Sí. Tienes un cliente para un baile privado –le dijo el jefe.

–¿Privado? –pregunto Marta.

–Sí, privado.

–Tú conoces mis reglas. Yo no soy puta. Si es baile sí, pero nada más –le advirtió Marta.

–Arréglatelas con él. Es Porfirio, el dueño de este edificio –le dijo el jefe.

Porfirio todos los meses iba a cobrar la renta y hubo veces que la gastaba esa misma noche pagando sesiones privadas de baile erótico. Marta no lo conocía porque las chicas regulares, las que trabajan todos los días, y las de los fines de semanas, se lo disputaban y lo acaparaban. Le decían el puerquito, porque era gordo, desaliñado, apestaba y era una alcancía repleta de dinero.

–Yo no lo conozco –dijo Marta.

–No importa. Él te ha visto bailando y te pidió. Está en el cubículo nueve. Trátalo bien que nos conviene –le pidió el jefe.

"Si éste se cree que me voy a meter a puta está bien jodido", cavilaba Marta mientras caminaba hacia el cubículo. "A mí no me importa quién carajo sea el Porfirio ese".

Deslizó la cortina del cubículo y allí estaba él, reclinado sobre el brazo de un sofá, con un vaso de whisky en la mano. Era un setentón regordete.

–Hola, preciosa. Hasta que se me dio conocerte –le dijo Porfirio a manera de saludo.

Tan pronto lo vio, Marta se puso muy nerviosa. "Este hombre yo lo conozco, ¿pero de dónde?", pensó. Y el problema no era que lo conociera, era que le inspiraba desconfianza, miedo.

–Aquí tienes los primeros cien dólares, para que te motives –le dijo Porfirio, mientras los ponía en una mesita contigua al sofá–. El resto depende de ti.

Sin pensarlo mucho, Marta se dejó llevar por la música. Comenzó a bailar. Tenía por naturaleza un talento excepcional para el baile, pero en el gueto nadie le puso atención a sus sueños de niña. Le daba terror que eso mismo le ocurriera a Rolandito y por eso haría todos los sacrificios que fueran necesarios para sacarlo adelante. Por él, por sus sueños, por su futuro, ella bailaba. Y bailaba como una diosa.

A Porfirio le fascinaron sus piernas bien torneadas. Marta era una mujer hermosa, alta, esbelta, de busto y caderas exuberantes, piel cobriza, ojos negros y almendrados al estilo moro, labios finos pero muy bien delineados, dentadura perfecta, cabello negro, lacio y largo. Los tacos altos le realzaban las piernas que Porfirio admiraba largas y perfectas hasta la mitad de los muslos donde comenzaba la bata de seda amarilla que impedía seguir viendo la monumental figura de aquella mujer. Un movimiento brusco del baile fue aprovechado por Marta para abrir la bata y mostrarle sus encantos. Ni un gramo de grasa había en aquel cuerpo. Todo era músculo, fibra, perfección. Lucía un bello juego de lencería, también color amarillo, que hacía resaltar el color cobrizo de su piel y que dejaba muy poco a la imaginación.

–Cien pesitos más –gritó de euforia Porfirio mientras los unía a los primeros.

Marta continuó bailando. Aprovechó un cambio de ritmo en la música para dar una vuelta, aflojarse el sostén, volverse otra vez hacia el frente, y arrojárselo en el rostro a Porfirio. El baile continuó, pero el embeleso de Porfirio era tanto que no ofrecía más plata. Marta, levantando la pierna izquierda, se la puso sobre el hombro derecho, lo empujó hacia atrás y mirándolo a los ojos le preguntó:

–¿Se acabó el dinero?

–No. Tengo todo el que quieras. Pero, ¿podrías complacerme en algo? –preguntó Porfirio.

–Después que no me toques... –contestó Marta.

–No, sin tocarte. Es muy sencillo. Te doy doscientos dólares adicionales si me permites acostarme en el piso, entre tus piernas, mientras bailas. Es lo mismo, lo único que te observo desde abajo. Las otras chicas me lo permiten –le dijo Porfirio casi en tono de súplica.

–¿Sin tocar? –volvió a preguntar Marta.

–Sin tocar.

Marta calculó rápido lo que podría hacer con aquella plata y aceptó con un ademán. Porfirio, sin perder tiempo, rodó y se acostó en el piso. Cuando Marta lo vio tirado en el suelo se le erizaron todos los pelos. Tuvo un déjà vu. Le pareció estar reviviendo aquella escena otra vez. Era ilógico, pero real. Un escalofrío le bajó por la espalda. Sintió como una prolongada caída al vacío, que se le reflejó en el pecho y el estómago. Tuvo miedo.

–Te duplico la cantidad de dinero, te doy ochocientos dólares si te desnudas completa y te me orinas encima –le sugirió Porfirio.

Aquella sugerencia fue el detonador de la tragedia. Cuando le pidió que se le orinara encima lo reconoció. Lo recordó. Supo en lo más profundo de su ser que aquel gordo puerco que tenía a sus pies, a pesar de que sólo tendría setenta años, era el mismo capitán que en el siglo diecinueve la secuestró en la isla de San Martín.

Recordó que lo vio por primera vez cuando entró al chiquero que tenía por camarote. Ella era apenas una niña de trece años, que aún no había perdido la inocencia. Lo primero que hizo fue que la levantó del suelo con una mano como quien levanta un saco de ropa para lavar. Aún amarrada la estrechó contra el pecho. La miró a los ojos. La niña temblaba de pavor. El capitán se le rió en la cara con una fuerte carcajada. Martha tuvo deseo de vomitar por el olor a podrido que le salía de la boca al capitán. Trató de besarla. La niña se resistió. Él le propinó un puño de tal magnitud que la niña cayó al suelo inconsciente y sangrando por las labios. Despertó al sentir que una lengua le recorría el cuerpo. Una lengua asquerosa, hedionda, pestilente recorría todo su cuerpo, mientras que unas manos ásperas, callosas, con uñas largas llenas de mugre la manoseaban toda. La niña recobró el conocimiento y se defendió arañándole la cara. El capitán volvió a propinarle un puño, esta vez en un ojo. La achocó. Despertó cuando el capitán le echó un cubo de agua de mar por encima. Sangraba en la boca, en el pómulo abierto y entre las piernas. La sal de las lágrimas se confundía con la sal del agua de mar, y con el olor y sabor a sangre. La agarró por el pelo. La arrastró y la levantó. Le puso un cuchillo en el cuello y apretándolo con tal fuerza que comenzaba a cortarla, le dijo:

–Vas a hacer lo que te digo o te mato.

A Martha parecía que los ojos se le iban a brotar del rostro. Desencajada, pálida, indefensa, le dijo que sí.

–Me voy a acostar en el piso. Tú te vas a parar encima

de mí y te me vas a mear en la cara. ¿Oíste bien? –le preguntaba mientras apretaba el cuchillo. ¿Entiendes?

–Sí –musitaba la niña temblorosa.

–Luego vas a saber lo que es la furia de un hombre cuando reclama a una mujer. Te aseguro que no me olvidarás nunca.

Apestoso a orines el capitán se abalanzó otra vez sobre Martha y la violó con tal furia que casi la mata. Valiéndose de botellas y de cuanto objeto encontró a su alrededor le desgarró el ano y la vagina. La arañó y la mordió con tal rabia que hasta un pezoncito le dejó casi desprendido al clavarle un colmillo.

El capitán tenía toda la razón. Martha jamás lo olvidó.

Esa noche, casi ciento cincuenta años después, lo reconoció en el pellejo de Porfirio, cuando se vio encima de él y Porfirio le pidió que lo orinara. Aquella película pasó por la mente de Marta en segundos y entonces le llegó la epifanía:

–Yo soy ella.

Sin dudarlo un instante, tomó el vaso de whisky, se lo rompió en la cabeza a Porfirio, que continuaba acostado en el piso, y tomando un vidrio lo degolló. Después lo complació. Se le orinó encima.

La verdad es que estas cosas sólo me pasan a mí

por Héctor Morales Rosado

I

La vida te da sorpresas, sorpresas te da la vida

Lo más que me fastidió fue lo sucedido aquel día cuando me había propuesto no decirle cabrón a ningún conductor. Le había prometido a Diana corregir mi tendencia a vociferar palabras floridas en la carretera. Carlos, el individuo lleva los cristales del carro cerrados, no te oye, quien recibe la retahíla de palabras sucias soy yo... Diana repetía su perorata en un tono entre protesta y súplica. Quizás tenía razón, pero ese día, y tenía que ser ese día, el tipo se pasó de hijo de puta. No sólo invadió mi carril a la cañona, sino que también se comió la luz roja, y para colmo, por poco mata al pobre don que vendía aguacates en la isleta.

Okay, pensé, complaceré a Diana. Así que no le grité ninguna palabrita de las mías... sólo lo perseguí le atravesé el auto en frente, y mirándolo a los ojos le dije:

–¡Te agarré! ¡Ahora vas a saber lo que es bueno! ¡Mira so cabrón!

El hombre, con una cara de pendejo bien administrado, ojos desorbitados y en una voz temblorosa, me salió con un señor, por favor, ayúdeme, es que mi mujer.... Miré al asiento trasero del Toyota y ahí estaba con una pierna apuntando hacia San Juan y la otra a Ponce. La mujer daba los últimos pujos para dar a luz. Terminé de partero en la Avenida Domenech.

La verdad es que estas cosas sólo me pasan a mí.

II

Un viejo amor de las almas sí se aleja,
pero nunca dice adiós

Cuando le conté a Diana mi aventura del día, no podía creer que de azotador de motoristas erráticos me convirtiera en el ángel de mujeres en parto. Claro, obvié mis verdaderas intenciones de patearle el culo al don; entendí que era mejor pasar con fichas.

Diana casi me obligó a que visitara a la pareja en el hospital. La complací, más bien para mantenerle la idea ilusoria de que sus prédicas estaban surtiendo efecto. Lo que mi amantísima esposa desconocía (aunque debe haber sospechado) era mi afición secreta por los horóscopos y otras artes adivinatorias. Antes de salir a mi visita de cortesía piadosa, me devoré cuanta predicción astrológica encontré en los periódicos. Curiosamente todas me presagiaban: algo inesperado e inevitable cambiará tus planes de hoy (hasta ahora perfecto, pues no todo los días uno actúa como comadrón putativo). También hablaban de cambios y de nuevas experiencias en la vida (bueno, un trabajito a tiempo parcial en el Centro Médico como obstetra practicante no le vendría mal a un propagandista médico como yo).

Nunca imaginé que la mismita que parió, fuese quien resultó ser.

Aquella mañana, cuando incursionaba de ginecólogo *at large*, sumido entre líquidos amnióticos, pedazos de placenta y otras sustancias corporales que ni quiero recordar, no me percaté de que la mujer sudorosa, con una melena negra que le cubría la mitad del rostro y que gritaba y pujaba desesperadamente, era Sofía. Tampoco me fijé en el lunar de mapa de Puerto Rico en la parte interior del muslo izquierdo y la hinchazón de su cara impidió que le reconociera las facciones de perfil griego, ¿y cómo saber que lo que parecían belfos eran los mismos labios sensuales que había besado tantas veces?

Al verme se hizo la sueca. El marido, Juan, me agradó. Parecía un hombre apacible, serio y afable. Todo lo contrario a mí. El bebé, ya tocayo mío pues decidieron nombrarlo en mi honor, chupaba frenéticamente el pezón de Sofía. Me trajo recuerdos de otros tiempos.

Hablamos poco; que si hacía calor, lo caro que estaba todo y del fastidioso impuesto al consumo. La enfermera interrumpió la insípida conversación para que Juan pasara por la oficina de pagaduría a firmar unos papeles. Traté de despedirme, pero Juan insistió que lo esperara para intercambiar números de teléfonos y direcciones residenciales.

Sofía se mantuvo callada en todo momento. Ambos habíamos evitado cruzar miradas. Al quedar solos (Carlitos no cuenta), me quise hacer el gracioso para romper la incomodidad de aquel silencio ruidoso.

–Lo que son las casualidades de la vida y pensar que nunca tuvimos un niño, ¡y cómo tratamos! para que ahora sea yo quien lo haya traído al mundo y encima de eso, terminó llamándose Carlos –reí tímidamente, esperando una reacción.

Me miró fijamente por primera vez y rompió a llorar sin control.

Traté de calmarla por todos los medios, pero fue en vano.

Juan regresó y al verla en ese estado por poco empieza a llorar también; qué pendejo, pensé.

–Tranquilo, Juan, sólo es depresión postparto. Ya mismo se le pasa, ¿verdad, doña Sofía?

Sofía entonces lloró con más fuerza; rayaba en la histeria. Le sugerí a Juan que saliéramos a localizar una enfermera. Desmandamos carrera por los pasillos hasta lograr convencer a una de las graduadas para que nos acompañara al cuarto.

Los tres entramos como si fuéramos técnicos de emergencias del 911 para encontrarnos con una Sofía sonriente que campechanamente daba palmaditas en la espalda de su bebé.

–Te lo dije, Juan, que se le pasaría pronto –comenté con aire de galeno experimentado.

Aproveché para despedirme. Sofía me extendió la mano y se la tomé suavemente; noté un papel doblado varias veces, que sujetaba entre sus dedos. Acerqué mi mano izquierda para cubrir la maniobra y logré capturar la furtiva nota. Con un movimiento de prestidigitador novato, la metí en el bolsillo del pantalón.

Tan pronto entré al auto la abrí. Era una receta de Percogesic. Al dorso, casi ilegible:

Llámame por favor: 787-505-2325.

La verdad es que estas cosas sólo me pasan a mí.

III

Quiero ser un juguete, si es de tu querer

Sí, la llamé. Y comenzó el sufrimiento más placentero de mi vida. Sofía me confesó que yo era el único hombre que había amado. Cuando me dejó fue por culpa de mi carácter tozudo y mis devaneos amorosos. Pensó que Juan era la persona perfecta para hacerla feliz y darle la estabilidad que siempre había ansiado. Fue cierto que cayó en algunas relaciones nocivas, pero esta vez estaba segura de que yo era el que era.

Nuestros encuentros amorosos cada vez fueron mejores y más intensos. Jamás creí que enloquecería de esa manera. En cuanto a Diana, ya no la soportaba y menos cuando me acariciaba. Mis pensamientos sólo giraban en torno a Sofía: reencontré la mujer que siempre me satisfizo plenamente. Estoy enamorado, otra vez, hasta el tuétano, me repetía incesantemente.

Después de dos meses Sofía permanecía al lado de Juan. Primero salió con que él sospechaba que tenía a alguien, pero no sabía a quién, y luego con un "no-me-atrevo-a-dejarlo-porque-es tan-bueno-y-sufriría-mucho". Así, me desquité con la pobre Diana:

–Sé que es cruel, y muy duro para ti, pero ya no es lo mismo; se me acabó el amor, quiero ser feliz y espero que tú también logres lo mismo...

–No te preocupes, Carlos. Ve y busca lo que entiendas es tu destino. Estaré aquí, esperando –Diana no derramó ni una lágrima; trató de sonreír, pero su cara se distorsionó en una horrible mueca. Fue desgarrador, es cierto, pero así es la vida; a veces se gana y otras se pierde; yo no podía hacer nada, no tenía las fuerzas ni la voluntad.

Sofía continuaba con su ambivalencia en cuanto a dejar a Juan. Aunque me pidió que todavía no abandonara a Diana, por otro lado insistía en que nos siguiéramos viendo, clandestinamente, como hasta el momento.

No soportaba la presión en el pecho cuando me hacía esperarla por horas en el estacionamiento del Escambrón. Me quedaba sin aliento, al borde de la asfixia, cuando me relataba, sin omitir un detalle, sus entregas amorosas con Juan que supuestamente siempre, de parte de ella, ocurrían bajo protesta; después de todo él es mi esposo, me decía con carita de yo no fui.

Buscando el horóscopo del día, me topé con los clasificados: SE VENDE: juego de cuarto King (ese era el que necesitábamos mucho espacio para nuestras loqueras) estilo romano, cabecera con espejos y luces (definitivamente, lo indicado para orgías a lo Calígula: espejos, luces, acción; sería casi Cine Arte). Decidí jugarme una última carta y lo compré; fue una ganga. Había sido el resultado de un divorcio: una pareja joven con la consabida división de bienes gananciales. Yo no había tenido ese problema, le dejé todo a Diana, hasta la casa.

Alquilé un apartamento en Ocean Park. Todo cupo perfecto, ¡coño, cómo la quería!

La primera vez que me falló en una cita, me llamó con el cuento de que Juan no fue a trabajar porque le dolía la cabeza, ¡por supuesto que le tiene que estar doliendo al cuernú ése!, murmuré entre dientes, casi ciego de la rabia. Y pensar que precisamente ese era el día en que planeaba sorprenderla con lo del apartamento y el súper juego de cuarto.

Logré verla en par de días y por fin la llevé a lo que sería nuestro nido de amor. Me agradeció el gesto y mi sacrificio. Melosa, juró que me amaba, pero que aún no estaba preparada, todavía es prematuro, cógelo con calma.

Sus palabras fueron puñaladas que me atravesaban el vientre.

¡Se acabó, no quiero saber de ti! Por lo menos eso le dije en ese momento. Pero al día siguiente, al llegar del trabajo, estaba allí frente al apartamento, en el BMW de Juan, esperándome. El escote pronunciado dejaba ver el nacimiento de sus senos voluptuosos, el pelo anochecido se le derramaba en sus hombros desnudos, sus ojos de gata callejera me miraron con una mezcla de súplica y deseo incontenible. No pude rechazarla; la invité a entrar. Recuerdo que luego pensé, después de mi monserga romántica, que el amor nos apendeja irremediablemente, menos mal que el estreno del juego de cuarto fue un exitazo.

Día a día lo mismo. Yo continuaba sufriendo. Los celos me corroían. Estaba seguro de que ella no lo amaba, pero no entendía cómo podía permanecer a su lado. Y lo que tornó el caso más patético fue que el cabrón de Juan había adivinado que yo era el amante de su esposa.

Le dio por llamarme casi todos los días para suplicarme que dejara a Sofía tranquila. Insistía en que no podría vivir sin ella, que si se quedaba solo se mataba. Lo escuchaba con desprecio, a veces con lástima; yo sólo callaba y cortaba la llamada.

Le confié mi suplicio a un amigo de toda la vida. Entre tragos escuchó pacientemente toda mi diatriba amorosa, con todo el dolor y la desesperación que le imprimí. Sé que me comprendió, me conocía bien.

–Lo más que me re jode, Audie, es que ella duerme todas las noches con ese cabrón –le grité indignado.

Me miró por largo rato sin hablar, finalmente, con una tranquilidad pasmosa me dijo:

–Carlos, amigo mío, aquí el único cabrón eres tú.

La verdad es que estas cosas sólo me pasan a mí.

IV

Perdón vida de mi vida, perdón si es que te he faltado

Recuerdo el maldito día como si fuera hoy, incluyendo las incontables vueltas que di por el Condado como un mamalón de grandes ligas. La gasolina estaba muy cara para estar con esa mariconada, pero no sabía a dónde ir, ¿al apartamento? Nunca. Aquello era un monumento a la estupidez y yo hice el ridículo con mis amigos, con mi esposa y conmigo mismo. Todo estaba tan claro: fue la ceguera de la pasión. El daño estaba hecho.

Me enteré de que Juan no era tan tonto como parecía. Resultó que su fantasía sexual favorita era oír a la esposa de turno contar sus aventuras sexuales con otros. Sofía era su cuarta esposa -el matrimonio más duradero de su vida-, pero también era la más diestra en los jueguitos aberrados.

En cuanto a los horóscopos, opté por no leerlos más. No por ser inexactos, sino por lo exageradamente precisos; ahora prefiero enfrentarme a la vida sin saber nada de antemano; lidiaré con lo que venga día a día. Vendí el juego de cuarto. Descubrí que lo más horrible del mundo era acostarse solo, desnudo, llorando como un mamao' y tener que ver el patético espectáculo en el espejo de la cabecera de la jodía cama. La verdad es que estas cosas sólo me pasan a mí.

V

Sorpresas te la vida, ¡ay Dios!

En una de las innumerables vueltas por el puente Dos Hermanos, me pregunté si Diana estaría despierta. Eran las diez. Decidí que la iría a ver. Sabía que se acostaba después de las noticias. Consideré que existía la posibilidad real de que me mandara para el mismísimo carajo. La comprendería, pero si no lo intentaba, viviría con la duda toda la vida. Y además, el divorcio aún no era final; todavía era mi esposa. Le pediría perdón... de nuevo.

En aquel momento casi místico de reconciliación personal, un joven me dio el corte de pastelillo más descarado que había visto en toda mi vida, me miró por su retrovisor con cierta aprensión, se notaba que esperaba una soberana cagada de madre (dicho sea de paso, se la merecía), pero sólo le regalé una sonrisa y con los dedos le enseñe el símbolo de amor y paz. El me contestó enseñándome su dedo, pero el del medio. Simpático, el muchacho.

Diana hubiese estado orgullosa de mí.

La casa estaba descuidada. La grama agonizaba. Vi luz en el cuarto. Rogué que el candado del portón del frente fuese el mismo de siempre. Estacioné un poco lejos para que no reconociera el ronroneo del auto. Debí haberle reparado el silenciador hace meses, pero no tenía la mente para eso. El portón estaba abierto a pesar de que le había dicho varias veces que siempre lo cerrara y no, no era el momento de reclamar pendejadas. Aquí se me iba la vida. Toqué a la puerta, no la quise llamar. Estaba seguro que abriría, y tan pronto la viera le diría lo mucho que yo había cambiado, que era otra persona, que había aprendido mi lección y que tenía que perdonarme... tenía que perdonarme.

La puerta se abrió lentamente. No fue Diana quien apareció, sino Juan. Me miró fijamente y sonriendo, con la misma cara de pendejo de siempre, me preguntó:

–¿Te gustaría oír una historia bien, pero que bien caliente?

La verdad es que estas cosas sólo me pasan a mí.

Apuros en el primer round

por Andrés O'Neill

En el momento exacto en que sonó el primer campanazo, el púgil sintió un demoledor torrente líquido cuya furia arrolladora tan sólo podía ser aplacada con la presión formidable que estaba ejerciendo su esfínter.

La cabeza de Medusa

por Blancairis Miranda Merced

Al tratar de recortarla encontraron hebillas mohosas dentro de la enorme madeja solidificada. No era, sin embargo, lo más sorprendente que descubrirían dentro del extraño nido que una vez admiraran como hermosa cabellera. Fue el primer indicio de que algo estaba realmente sucediendo en esa cabeza.

Medusa Rivera del Río, ex reina de belleza, ex política influyente en decisiones municipales, soltera, venida a menos tras sus episodios de confusión, imperdonables olvidos y repetidos descuidos, había decidido cortar su cabello, el cual no peinaba desde que la despidieron por no tener nada en el cerebro. No se preocupe, nosotras vamos a su casa. Tras un ligero baño se recostó en un diván mientras las estilistas llegaban a arreglar su cabello. No quisieron despertarla, le darían la sorpresa.

Cuando las mejores tijeras fracasaron, las mujeres convocaron a un selecto grupo de profesionales. Llegó el alcalde, el médico, un ingeniero mecánico y dos obreros, los más fuertes de la construcción aledaña. Intentaron con afilados escalpelos, seguidos por seguetas manufacturadas con el mejor acero. Alguien sugirió un serrucho inventado por un sueco a las órdenes del gobierno. El alcalde mandó por la herramienta. Tuvieron que registrar cuatro almacenes y dos sótanos. Aunque dieron con el aparato, el esfuerzo resultó inútil. Se procedió a usar una sierra eléctrica, la vibración sólo consiguió que tres ratas desalojaran lo que consideraban su madriguera. La masa continuaba siendo empero, un apretado nudo imposible de manejar. La niñita del pirulí en la boca repitió por enésima vez, mami usa aceite caliente. Con las gotas de sudor chorreando desde la coronilla, el ingeniero mecánico añadió, se me ocurre ablandarlo con aceite caliente.

Hirvieron tres galones de aceite de oliva, taza a taza la abigarrada masa fue absorbiendo hasta la última gota. Trataron de deshacer la agreste greña con pinzas de metal. Con cada intento el moño crecía, en tamaño y complejidad. Tal vez si la sumergimos en el aceite, en lugar de verterlo sobre ella. La idea fue acogida con alguna reserva, ¿qué si se ahoga? Los esfuerzos habían rebasado ese punto. Ya nadie pensaba en si sobreviviría. No se acordaban que unido a aquella maraña había un cuerpo de mujer. Imposible pensar si latía o no, un corazón dentro del mismo. La idea del baño lleno de aceite ganó adeptos. Usaron una grúa para levantar la cabeza y acomodar el baño de burbujeante aceite en el extremo del diván. Tuvieron cuidado de no sumergir la cabeza para que por el peso, no se resbalara el cuerpo dentro del baño. Una vez inmerso el moño, hurgaron con varillas en la ya deforme masa. Con la ayuda de llaves de perro y alicates, lograron desprender pedazos de objetos de variada naturaleza. En vista de la cantidad y diversidad de cosas allí almacenadas, hicieron llamar al juez y su secretario para que tomaran inventario de cada artículo. El juez se dio a la tarea de imponer el orden adecuado, y comenzó por tratar de establecer no sólo las características de cada pieza sino, hasta donde se pudiera, determinar la fecha y evento en que fueron depositados en tan extraña urna.

Algunos de ellos, como las llaves de la Oficina de Ayuda al Extranjero que la dueña del moño dirigía, y que al perderlas no pudieron abrir jamás, se podían identificar. El bolígrafo de oro grabado con el nombre de Doña Medusa Rivera del Río -que le regalaron el día de su despedida, y que distraídamente utilizó como gancho de pelo en un momento de calor- apareció intacto. Algunos pedazos de queso que trató de esconder, cuando le diagnosticaron que los episodios de olvido respondían a una alergia a los lácteos, tuvieron que pasar por el laboratorio para poder ser identificados. Estaban tan fosilizados que ni los ratones pudieron enterrar sus dientes en ellos. Tuvieron que llamar al oftalmólogo para que identificara los siete pares de gafas engarzadas una sobre otra, con varias capas de pelo enmarañado entre medio de cada cual. Aparecieron sombreros, diademas, y hasta la pulsera de brillantes de la esposa del alcalde, quien se la diera a guardar a la dama hasta que pasara la investigación federal.

Los profesionales estaban agotados y no tenía uso continuar escarbando por cosas que ya ni les interesaban. Las mujeres interrogaron al alcalde. ¿Cómo se supone que dispongamos de todos estos metros de cabello amalgamado en aceite y otros residuos? No sé, busquen a un químico. Tomó su paraguas con la mano izquierda, y con la derecha hizo una señal de despedida que sólo interrumpió al llegar el químico.

Una vez puesto en antecedentes, el químico sentenció: sólo un profesional puede hacer el trabajo de un profesional. Abrió su estuche lleno de frascos, extrajo uno y se dirigió a las mujeres, traigan agua caliente en un envase de cerámica. Midió la cantidad de los gránulos que necesitaba y los mezcló en la vasija con agua hirviente. El hidróxido de sodio se disolvió, lo mismo que el cabello, cuando recibió la solución.

Las mujeres maravilladas celebraron los conocimientos del químico. Los profesionales encantados, se felicitaron mutuamente, unos por pensar en el químico, otros por llamarlo, algunos más por no irse antes de que el químico llegara.

Allí mismo se resolvió hacerle un homenaje al héroe. El alcalde tomó las llaves de la Oficina de Ayuda al Extranjero y las entregó al químico simbolizando la entrega de las llaves de la ciudad. El secretario del juez preparó una proclama que fue firmada por todos, usando el bolígrafo de oro grabado con el nombre de Doña Medusa Rivera del Río. Las mujeres se engalanaron con los sombreros y diademas, y el alcalde se guardó la pulsera de brillantes de su esposa en el bolsillo.

Riendo y cantando, se fueron todos a festejar a la Casa Alcaldía.

Sólo quedó atrás Doña Medusa Rivera del Río, con siete pares de gafas sobre su cabeza calva.

Despertar

por Sandra Santana Segarra

Aquella tarde papá llegó hecho una furia. Se paró en medio de la pequeña sala, su figura imponente llenaba casi todo el espacio. Observó con detenimiento las paredes, antes de comenzar a gritar que en su casa no podía haber cuadros de imágenes, porque era pecado. Uno a uno empezó a arrancarlos. La última cena, el pastor y sus ovejas, y hasta San Judas Tadeo, todos fueron a dar al piso sin más ni más, esparciendo vidrios por doquier. El cuadro de la virgen, el preferido de mi madre, se hizo añicos, reventado contra la pared. No se salvó ni el crucifijo de cerámica que le envió mi hermano desde Corea.

Ése cayó al suelo con gran estrépito, desmoronándose en el acto. Al final, las paredes quedaron desnudas. Cuando terminó la refriega, papá se ajustó los calzones y se marchó satisfecho.

Mi madre y yo contemplamos la brutal escena desde la cocina. Llorando en silencio, mamá se dispuso a barrer los restos de los símbolos de su fe católica, arrasados por el incipiente pentecostalismo de papá. Yo vi sus lágrimas mezclarse con el polvillo en que quedó convertido el crucifijo, regalo del hijo mayor. Sentí mucha lástima por ella y procuré estar cerca mientras recogía, pero ordenó que me fuera, por temor a que me cortara con algún residuo de la destrucción.

Muñeca en mano, salí de la casa y me senté al final de la escalera. Sentía el pecho apretado porque era la primera vez que veía llorar a mamá y porque pensaba que las lágrimas silenciosas debían doler más. A los pocos minutos, pasó un niño y me invitó a jugar. Le dije que sí, pero desde ese momento, en cada juego, iba a ser yo quien diera las órdenes.

La *hippie* flaca de Cape Cod

por Andrés O'Neill

"Heading out to the highway
I got nothing to lose at all
I'm going to do it my way"
–"Heading Out to the Highway"
Judas Priest, *Point of Entry* (1981)

Con esa vieja canción metálica resonando en mi mente, emprendí en Semana Santa del 2005 en un largo y solitario viaje en carro por toda Nueva Inglaterra. Como un espíritu errante divagué sin ruta fija, pueblito por pueblito, estado por estado, con planes de llegar a Montreal, en la provincia canadiense de Quebec.

El viaje fue un cambio de ambiente muy marcado. La semana previa la había pasado trabajando en el fascinante caos de la ciudad de Nueva York. Así que al finalizar mis labores, dejé atrás los rascacielos, las multitudes, las marejadas amarillas de taxis, los bocinazos y los trenes. Cambié ese mundo en ebullición por la hermosura de los apacibles campos y costas de Nueva Inglaterra.

Era la primera vez que me lanzaba en un viaje en carro tan extenso y sobre todo, solo. Y es que quería saber lo que es la libertad de tener a mis pies todo un continente, en vez de tan sólo una pequeña isla. Con irme solo, quería saborear el embriagante sentido de libertad de ser el dueño absoluto de mi destino. Por mí solo, sin consultar nada con nadie, decidiría por dónde ir, dónde virar, cuándo parar a comer (o no comer), si quedarme en un buen hotel o en la primera ratonera que me encontrara cuando cayera la noche, si escuchar música o ir con el radio apagado o si ir con la calefacción encendida o con los cristales abajo para disfrutarme el frío. Podría decidir hasta el momento exacto en que quisiera parar a mear sin decirle a nadie: "Tengo que parar a mear". Yo y sólo yo, decidiría qué decidir.

Decidí la ruta meses antes del viaje. Estudiando mapas de carreteras por Internet vi que me era posible llegar a Montreal pasando primero por todos y cada uno de los estados que componen a Nueva Inglaterra: Connecticut, Rhode Island, Massachusetts, New Hampshire, Maine y Vermont. De paso vería lugares de interés como Newport, la roca de Plymouth, Jamestown, Cambridge y Cape Cod. ¡Caramba! Cape Cod.

Cuando le preguntaron a George Mallory por qué estaba tan empeñado en escalar el Monte Everest, su contestación fue bien simple: "Porque está ahí". Pues esa misma fue la razón por la que fui a Cape Cod: porque está ahí. Fui simplemente por ir. Pude optar por no ir a esa curvada península en la que veraneaban los Kennedy y en vez, añadirle un día más a Boston o a Montreal. Pero no. Por puro capricho decidí entrar a Cape Cod. Me llamaba la atención ese cuernito de tierra que tiene Massachusetts. Llegué el Sábado de Gloria por la noche, durante mi segundo día en la carretera.

Nunca sabré la razón por la que en Estados Unidos a ciertos grupos étnicos siempre les corresponden unas profesiones en particular. Allá, a los latinoamericanos nos ponen a trabajar como jardineros, cocineros, mucamas, *handymen* o en la agricultura. Los asiáticos siempre están tras el mostrador de una lavandería o de un colmadito oriental, mientras que las gasolineras y los Seven-Eleven parecen estar reservados para los árabes. ¿Y los moteles? Pues esos los trabajan los de la India o de Pakistán.

Precisamente de Pakistán era el flaco oscuro de ojos grandes y bigote de pelusa que me atendió en el Yankee Thrift, el motelito que encontré tan pronto llegué a Cape Cod. Decidi quedarme porque ya era de noche, no conocía el área y llevaba tantas horas manejando que el asiento de mi carro de alquiler ya tenía tallada la forma de mi trasero.

El Yankee Thrift es una de esas clásicas hospederías baratas con los pasillos expuestos hacia el estacionamiento, precisamente el tipo de motel que me aterra por lo vulnerable que quedan las habitaciones. Tan pronto entré a la mía, pillé la puerta con el raído sofá pasado de moda que estaba frente a la cama. De esa manera, si durante la noche entraba a matarme un *billbilly-redneck-serial killer*, pues al menos se le haría un poco más complicado el asunto. Lo mismo hice la noche anterior en el Days Inn en el que me quedé en Cranston, Rhode Island, a las afueras de Providence.

Mi habitación en el Yankee Thrift era como un viaje al pasado. Toda la decoración parecía de la década de los setenta. Casi podía escuchar la canción tema de *The Brady Bunch*. La bañera era tan vieja que era del color verde de aquella época y la nevera mohosa no invitaba a guardar comestibles en ella. Pero por cincuenta y pico de dolares, no me podía quejar.

Salí bien temprano al día siguiente cuando ya los gringos iban muy bien vestidos a celebrar su *Easter*. Le entregué la llave al mismo pakistaní de la noche anterior y me fui por la ruta estatal número seis, que es la que recorre la totalidad del cabo, terminando en Provincetown, el pueblo que queda en la misma, exacta puntita de Cape Cod.

En mapas, Cape Cod siempre se ve pequeño, por lo que pensé que sería bien rápido llegar a Provincetown. Fue todo lo contrario, pues me tomó casi dos horas llegar a la dichosa punta. Pero definitivamente valió la pena, ya que todo el cabo es inmensamente hermoso con un escenario muy variado con faros, molinos de viento, áreas en las que todavia quedaba nieve, bosques, dunas desérticas y playas tan bellas como las del Caribe, aunque sin palmeras.

Pero la belleza más impactante de todo Cape Cod la vi ya por la tarde, tras largas horas de caminar por los muelles y las estrechas callecitas de Provincetown. Sentada en una pequeña plaza que conmemora a los peregrinos del Mayflower, estaba con su guitarra, cantando por limosnas, una preciosa muchacha que me cautivó; tan bella, que literalmente me detuvo. Era flaca, flaquísima, con un pelo de un denso color negro y perfectamente liso; tan largo, que cubría sus minúsculos pechos hasta rozar su cintura. El tintineo de sus muchas pulseras se unía a la música suave de su guitarra. Sus dedos largos tenían casi todos, una sortija. Vestía una falda ancha que a pesar de ser larga, no cubría por completo sus botas altas.

"Bella y con botas", pensé, mientras la miraba como un tonto. Siempre he tenido una gran debilidad por las mujeres que usan botas.

No era tan joven. Se le veían los años y años no muy buenos de por sí. Pero era precisamente su deliciosa flaquencia y su leve abandono lo que acentuaban aún más la belleza de aquella hippie flaca. Era una moderna gitana gringa.

Nunca, pero jamás, me hubiese imaginado lo que sucedió después. Mientras tocaba, alzó la vista y al verme, se turbó y momentáneamente perdió la nota de la melodía. Con una sonrisa muy tímida bajó la mirada a las cuerdas de su guitarra y continuó tocando. Decidí jugar con ella y me le quedé mirando fijo. Volvió a subir su mirada hacia mí y esta vez la sonrisa fue amplia, lo suficiente como para revelar una dentadura perfecta que contrastaba con su decadencia de encanto.

Aunque su primera sonrisa para mí fue de timidez, la chica resultó ser nada tímida.

–Esta próxima canción –dijo en inglés apuntando hacia mí –; es para el extraño del abrigo negro.

Me encantó la manera en que me miró cuando me dijo *stranger*.

Y así comenzó a tocar los hipnóticos primeros acordes de "Sweet Child O' Mine" de Guns n Roses. No sé si fue por el frío que hacía, pero por poco me meo allí mismo.

Sentí corrientazos por mi cuerpo cuando la chica, ya sonriendo ampliamente, me cantaba sin separar de mí sus ojos negros. *Oh, oh, oh, sweet child o' mine.*

Los pocos turistas que quedaban ya se habían ido cuando terminó la canción. Intenté poner un dólar en su cajita, pero no me lo permitió.

–¡No! No eches nada, que esa canción te la dediqué a ti, *stranger*.

–*Thank you very much, beauty*! –le contesté y le ofrecí mi nombre con el cual se divirtió por ser en español y no poder pronunciarlo bien. Me senté junto a ella y de cerca era aún más linda.

–¿Así que eres latino? ¿De dónde?

–*From Puerto Rico* –le contesté, enfatizando la correcta pronunciación en castellano. Siempre me han encojonado a rabiar los boricuas que dicen "Pororricou" cuando hablan en inglés.

–Yo saber un poqüito de espaniol.

–*Really? Let's see* – le dije, retándola.

–Yo querer un beso y un cerveza muy fría.

Me pasmé. Me quedé inmóvil como un tonto. Cualquiera otro le hubiera metido la lengua en la boca al instante.

–Yo también tengo hambre –le contesté en inglés e instantáneamente me di cuenta de lo idiota de mi respuesta. Por fortuna, mi cerebro, aunque aturdido, reaccionó rápido- Hace un rato vi un pequeño restaurante portugués cerca de aquí. Podemos ir y te compro la cerveza.

–Conozco el sitio. Se llama Carreiro's y es muy bueno. Vivo cerca de allí.

Caminamos hacia mi auto y le cargué su guitarra.

–No me has dicho tu nombre –mencioné.

Cuando me lo dijo, me extendió su mano. Era suavecita y huesuda y al estrecharla, las pulseras volvieron a sonar. Absorbí una vez más esa cara tan encantadora y pensé en lo mucho que me estaba fascinando la *hippie* flaca.

El pequeño restaurante se anunciaba como portugués, pero los empleados eran gringos, tan rubios, de hecho, que parecían escandinavos. Comí un emparedado de cangrejo con una sopa muy extraña de algas negras y habichuelas blancas que sabía muy bien. Ella ordenó lo mismo.

Hablamos por horas, de su vida y de la mía. Le conté de mis planes de seguir viajando en carro durante toda la semana hasta Montreal y regresar a Puerto Rico el domingo siguiente. Ella por su parte, me contó de la hija rebelde de una familia mormona de la ciudad de Provo en el estado de Utah, cuyo insaciable sentido de aventura la puso a rebotar por todo el continente hasta llegar a Cape Cod.

Cuando me estaba contando sobre un viaje con motociclistas por las Dakotas, la interrumpí.

–Ya te he comprado varias cervezas.

Me miró confundida sin decir nada.

–¿Cuándo quieres el beso?

Mi comentario la tomó desprevenida y se sonrojó. Despacito, me acerqué a su cara y así fue cómo le di mi primer beso a la *hippie* flaca de Cape Cod.

Al salir, me invitó a su casa, a la que podíamos llegar a pie. Mientras sacaba su guitarra del auto, me hizo una segunda invitación.

–Si gustas, te puedes quedar conmigo los días que quieras.

Sin decir nada, analicé su invitación. "¿Dejar de ir a Boston? ¿No comerme la langosta de Maine en Maine? ¿No ir a esquiar a Vermont? ¿Y Montreal? ¡Tanto que quiero ir allá a practicar mi francés de principiante!", pensé. Igual de rápido, tomé mi decisión: "¡Que se joda todo! Me quedo con la *hippie*".

–Me encantaría –y con mi contestación, vino otro beso más, esta vez de su parte. Tan bella era, que la besé con los ojos abiertos.

Su apartamento, a pesar de diminuto, hacinado de libros y muebles viejos y acomodado todo en desorden, tenía su encanto. Olía a inciensos y velas y estaba decorado con ídolos raros y guindalejos de bolitas. Nos dimos varios besos más y el calentón iba acercándose con furia.

Puedes poner tu abrigo allí –me dijo, apuntando hacia unos ganchos detrás de la puerta. Mientras, ella se quitó el suyo y luego la camisa de manga larga que tenía debajo. Al hacerlo, se quedó con una camisa cortita sin mangas que dejaba ver más su flaquencia y las curvas casi imperceptibles de su cintura. Muy desafortunadamente también dejaban ver sus brazos, los cuales tenían unas ronchas cerca del doblez del codo.

–Aquí hay muchos mosquitos y soy alérgica a sus picadas –me dijo como avergonzada, apuntando hacia las ronchas con su vista.

–En mi país también hay muchos mosquitos –fue lo único que se me ocurrió decir.

Tanto como las ronchas, me espantaron las moñas. Resulta que cuando alzó los brazos para colgar su abrigo, la sensual camisita sin mangas reveló unas axilas tan peludas como una barba postiza. Nunca había visto unas moñas así, ni siquiera en la cancha de baloncesto de mi barrio.

Del horror, bajé la vista hacia la alfombra sólo para divisar, justo al lado de una pata del sofá, dos capsulitas de las que se usan para guardar crack. En mi mente comenzaron a retumbar pensamientos de terror. Se me ocurrió escapar.

–Preciosa, tengo que salir un momento a comprar ya tu sabes qué -le dije, guiñando un ojo tratando de parecer sexy.

–¿Condones? –preguntó con esa cara tan linda y con esa camisita tan finita que con los brazos abajo, la hacía verse tan deliciosa–. Ya yo tengo.

Y me mostró una gaveta llena.

Siempre bendeciré a mi cerebro por lo rápido que se las ingenió:

–Es que soy alérgico al látex. Tengo que ir a comprar de los que son de tripa de oveja –y secreta, pero intensamente, recé en mi interior por que no tuviera de ésos en su generoso surtido.

–*Okay*. Hay una farmacia en la esquina de la calle Shank Painter con Bradford. Es a solamente dos cuadras de aquí.

–Si, la vi durante el día –dije mintiendo, por supuesto.

–Te esperaré aquí mismo, aunque un poco más cómoda de lo que estoy ahora –me dijo guiñando uno de esos enormes ojos. "¡Puñales, qué preciosa es!", pensé.

Me puse el abrigo y salí caminando muy tranquilo. Pero tan pronto doblé la próxima esquina empecé a correr en dirección a Carreiro's. Subí al carro y arranqué. Y así, fui guiando de regreso al Yankee Thrift, escupiendo por la ventana hasta que se me secó la boca. Me detuve en el minimarket de un árabe y compré una botella de enjuague bucal y seguí el resto de las dos horas de trayecto haciendo buches y escupiéndolos hacia afuera.

Cuando llegué al Yankee Thrift, me atendió el mismo pakistaní de por la mañana y me dio la llave de la misma habitación. Y antes de entrar a la bañera verde, nuevamente pillé la puerta con el raído sofá de la salita para impedir que un *billbilly-redneck-serial killer* o una furiosa *hippie* flaca entraran a matarme.

El intruso

por Luccía Reverón

Había transcurrido dos semanas desde la última vez que Eugenio activó su computador, pero ya estaba decidido: continuaría escribiendo su novela. Encendió el equipo y luego de unos minutos comenzó a leer:

"Recuerdo aquel 17 de julio cuando anunciaron el primer huracán de la temporada. Todos en el barrio estaban alborotados y había un corre y corre de última hora, pero en mi casa todo era tranquilidad. Mi tía nos preparó una taza de chocolate caliente y nos sirvió unas galletitas que había horneado el día anterior. Eran de mantequilla de maní, que mi tío había traído con tanta alegría. Le dijo: Mira Ramona, esto es para que hagas unas galletitas, tú sabes lo mucho que le gustan a los muchachos.

Yo saboreaba la galleta sumergiéndola en el chocolate, cuando mi tío pasó por mi lado. Me levanté, tomé algunas de la bandeja y se las di a mi tío, quien se fue comiéndoselas. Estaba empeñado en ayudar a los vecinos del barrio en la tarea de colocar las protecciones de madera.

Como a las dos horas, mi tía ya estaba asustada porque no teníamos protección en las ventanas y mi tío no acababa de llegar. No fue hasta la última hora que escuché el claveteo en las ventanas de mi casa. Yo me preguntaba de dónde mi tío había conseguido la madera, pues ya era tarde. Sabía que no podía haber ninguna tienda abierta a esa hora. Estuvimos encerrados por bastante tiempo esperando que pasara el huracán. Mientras tanto, él nos entretenía como de costumbre, narraba algunas de sus anécdotas. Había una que era la más que me interesaba, pero no comenzaba por contarla. Por eso me atreví a interrumpirle, y le pregunté que cómo había conseguido la madera que clavó en nuestras ventanas.

–Pues bien –me dijo– tú sabes que don Pancho tenía una casita de madera en el patio, donde a veces tú ibas a jugar con su hija. Yo le dije que era peligroso tener objetos en el patio porque los vientos del huracán los podían hacer volar. El se asustó tanto que me preguntó qué podía hacer con ella. Le dije que podía meterla dentro de la casa, que yo lo ayudaba. Imposible, me respondió, será para que Margarita me deje afuera para que me lleve el huracán. Lo vi tan perturbado que le mencioné que yo me sacrificaría. Sin terminar la oración, me dijo, sí, sí, por favor llévatela. Le pedí el martillo prestado. Allí en su patio comencé a desclavarla, y me traje los trozos de madera.

–Tío, ¿y las velas, también te las regalaron?

–¡Ah! Esas me las dio doña Marta. Fui a ayudarla, tuve que mover como diez tiestos para colocarlos dentro de la caseta. Todos eran muy pesados. Al ver que el sudor rodaba por mis sienes, que me veía cansado, me dijo: siéntese un ratito en la sala. Prendió el abanico y me trajo un jugo de limón riquísimo, de esos que ella hace. Mientras hablábamos, yo miraba la cantidad de candelabros que tenía en la sala. Todos estaban con velas, las sobrantes las había puesto alrededor de los candelabros. Le comenté que si se había metido a bruja. Me miró con ojos desorbitados y de inmediato me preguntó: ¿por qué usted me dice eso don Felipe? No, por nada, le respondí. Es que en ninguna de las casas de los vecinos he visto tantas velas como aquí. Ella se puso nerviosa y me dijo: por favor, no se lo comente a nadie... ¿qué van a pensar? Mire, es más, yo precisamente las iba a botar, pero cuando dijeron lo del huracán me dije, ahora las aprovecho. Yo continuamente asentía, pero tenía que advertirle que eso era un peligro. Le dije: ¿usted sabe que muchos de los accidentes, principalmente los fuegos se deben a eso, a que la gente acostumbra a prender velas en vez de usar lámparas con baterías? Doña Marta rápido me contestó: ¡Ay, usted no me diga! Pero si yo las encendería con mucho cuidado... No, yo no digo nada, yo sólo la aconsejo, le respondí.

Vi que se puso nerviosa, buscó una funda y comenzó a echarlas adentro. Luego me miró y me dijo: ¿no sería mucho pedirle a usted que las bote en un zafacón? Ya los vacié todos y... No la dejé terminar, rápido le dije que no se preocupara que yo me las llevaba y las botaba. Le pregunté que si no se iba a quedar a oscuras. Me respondió que no, que tenía unas lámparas que le llevó su hijo y suficientes baterías. Entonces, tomé la funda, la llevé al patio y terminé de amarrar los últimos tiestos. Es más, antes de irme, la dejé a propósito. Ella agarró la funda y se fue detrás de mí para que yo me la llevara. ¡Las velas son de buena calidad! No son de las que se derriten rápidamente y embarran los candelabros. ¿Ves acaso alguna gota, querida sobrina?

Todo esto pasaba como una película ante los ojos de Eugenio, quien escribía su novela sin detenerse y disfrutaba de la caracterización de don Felipe.

"A la verdad que a este personaje se le coge cariño, es tan dado a los demás". Mientras pensaba esto, vio de repente como don Felipe se le quedó mirando a través de las llamas de las velas que parpadeaban, y se levantó por entre medio de los niños que estaban sentados en el suelo escuchando las historias. Lo escudriñó un rato y con autoridad le preguntó qué hacía allí. Eugenio lo miró fijamente a los ojos, vio en don Felipe un desafío que no correspondía al personaje; pero lo tomó con calma. Se rascó la cabeza pensando qué podía contestarle, pero lo único que salió de su boca fue otra pregunta. Tartamudeando le dijo:

–¿Qué yo hago aquí? Pero... ¿cómo es posible que me puedas ver?

–¿Acaso es usted un fantasma para no verle? ¡Más vale que se vaya! –le gritó encolerizado don Felipe, mientras lo amenazaba.

–Estoy confundido, a ver, a ver, tú eres don Felipe, ¿no es así?

–Sí, y esta es mi casa, y no lo he invitado a que entre en ella.

–Un momento –le respondió Eugenio mientras cavilaba–, tú eres un personaje de mi novela, no te voy a permitir que te dirijas a mí de esa forma.

–¿Personaje de su novela? ¿Se cree un dios que puede crear a su antojo? Es mejor que se vaya, aquí están mis sobrinos y no quiero seguir discutiendo delante de ellos. Si quiere nos vamos afuera y nos echamos las manos...

Eugenio se acobardó, no comprendía cómo era posible que don Felipe hubiera cobrado vida. Don Felipe, enfurecido, se le acercó y lo empujó. Eugenio cayó de espaldas de la silla. Se golpeó la cabeza contra la pared y quedó inconsciente por un rato. Cuando se recuperó, vio que en la pantalla del monitor se reflejaba la página 66.

–¿Cómo? ¡Pero si yo tan sólo he escrito varias páginas! –y con asombro, leyó–: "Don Felipe se volvió loco. Salió corriendo por el barrio con un machete en la mano, sin importarle la amenaza del huracán. Fue en busca del intruso que había perturbado su tranquilidad y la de su familia. Ha anochecido y todavía no ha regresado...

Eugenio no pudo terminar de leer. Un apagón de electricidad lo dejó en la oscuridad, al mismo tiempo que alguien tocaba a su puerta.

Una cita pendiente

por Isamarí Castrodad

Irene iba a abordar el avión con los nervios que tradicionalmente la embargaban antes de cada viaje. Aún no superaba el miedo a volar, pero la naturaleza de su trabajo la obligaba a buscar opciones. Semejante martirio sólo podía tolerarse con un sedante o con algunos tragos. Era martes y le aguardaba una semana muy activa, así que optó por una pastilla para el viaje de cuatro horas.

Ansiaba dormir en el avión. Se había desvelado y deseaba algún descanso antes de la junta en la que participaría esa tarde. En su bulto de mano llevaba varios informes del banco que debía revisar. Cargaba, además, el último ejemplar de la revista "Vogue" que esperaba poder hojear antes de sumergirse en la oficina central del banco en Nueva York.

Mientras recorría el pasillo que conducía a la puerta de abordaje se fijó en un caballero que se había detenido en uno de los puestos de café. Era de tez blanca, alto, vestía de chaqueta oscura y usaba lentes. Tenía el pelo marrón y la cara limpia, parecía recién afeitado. Su piel era lisa y clara. Aparentaba unos cuarenta años. Lo miró con detenimiento, pero de lejos. Le llamó la atención su gran parecido con Augusto, su ex novio. Cuando se acercó con sigilo lo escuchó hablando con el dependiente, notó que su voz era ronca, con un halo de misterio que le pareció particular. Su perfume era penetrante. Pasó tan cerca de él que casi lo roza, el perfume la extasió. Cerró los ojos por un instante y le pareció sentir el aroma de Augusto mientras la abrazaba desde arriba, mientras rodeaba su diminuta figura desde la portentosa altura de sus seis pies y dos pulgadas.

Se acomodó en una silla del extremo izquierdo, justo frente a la puerta de la salida 29. Su mirada se perdió en el recuerdo del amor latente que aquél extraño le acercaba de golpe justo antes del viaje. Pasaron algunos minutos cuando al fin escuchó la orden de abordaje para los pasajeros de primera clase. Se dirigió al avión, se acomodó en la butaca de ventanilla de la fila dos y se amarró el cinturón mientras miraba el desfile de pasajeros entrando. Nadie había ocupado la silla del lado, esto le agradó, pensó que el viaje sería más llevadero sin extraños cerca. Además, el miedo a volar la hacía vulnerable a la hora del despegue, por lo que la compañía le era particularmente indeseada en ese momento.

Cuando pensó que ya no entrarían más pasajeros escuchó a la asistente de vuelo recibir con un saludo a alguien más. Era el hombre del café. Con el mismo porte elegante que le llamó la atención en el aeropuerto lo vio dirigirse hacia ella.

–Buenos días.

–Hola –respondió Irene nerviosa.

–B-2, es mi silla. Si no le molesta.

Irene se percató de que su cartera estaba sobre la silla del hombre, la tomó enseguida mientras se disculpaba.

–No se preocupe, yo también aprecio una silla vacía en el avión, pero parece que nuestro vuelo de hoy está lleno –respondió él con una sonrisa.

Aquella voz de nuevo. Irene se turbó. Se sentía torpe, el perfume la invadía. Ambos permanecieron en silencio por un rato. Irene sudaba mientras el avión recorría la pista esperando el momento para elevarse. Un pequeño temblor de la nave durante el despegue provocó que la mujer dejara escapar un quejido.

–¿Estás bien?

–Creo que sí –respondió recelada.

–No pasa nada, pronto se eleva y no sentirás ningún ruido– su voz ronca era ahora un susurro demasiado cerca de su oído.

–Lo sé –contestó algo avergonzada– es sólo que nunca consigo acostumbrarme.

–Cierra los ojos, yo te aviso.

Como hipnotizada, Irene cerró los ojos y puso su mano derecha sobre el brazo del asiento. Sintió como él la tomó y la acarició con ternura, como si estuviera consolando a una niña. Ella se estremeció, pero no podía abrir los ojos, estaba nerviosa, paralizada.

El avión alcanzó altura y ella al fin abrió los ojos.

–Pensé que te habías dormido. ¿Ya te sientes mejor?

–Lo lamento, todavía no supero el miedo.

–¿A los aviones o a los extraños?

–A ambos –dijo con picardía mientras se reía por primera vez ese día.

–Soy Federico Sandel y nos quedan tres horas y media juntos. Cuando lleguemos espero que me hayas perdido el miedo.

–Irene Arizmendi –dijo mientras le extendía la mano –ejecutiva bancaria, no preguntes la edad y por supuesto, odio volar.

–Lo que voy a decirte parece de un bar de medianoche, pero te juro que es cierto, tu rostro me es familiar.

–Pues yo puedo confesarte que te pareces a mi ex novio.

–Ya veo porqué no querías que ocupara la silla.

Ambos rieron e Irene logró relajarse. Le contó que viajaba a Nueva York en asuntos de negocios. A ella no le sorprendió que él también estuviera vinculado al mundo financiero. Ella era ejecutiva del Starbank, un importante banco que concretaba una fusión con otras dos entidades, una empresa de hipotecas y otra de inversiones y asesoría bursátil.

–Trabajo como asesor independiente de inversiones, desarrollo y bienes raíces. Tengo clientes en diferentes países, pero Nueva York es siempre destino común.

Las palabras de Federico sobre su hombro se le hacían cálidas, cercanas.

–¿Cuánto tiempo te quedas? –preguntó Irene con interés.

–Estaré dos semanas. ¿Y tú?

–Regreso el próximo martes.

Federico hablaba con confianza, se mostró conversador y gentil. Atrás quedaron los planes de una siesta en el avión. Era la primera vez que ella se mostraba tan locuaz en pleno vuelo. Aquellas evocaciones de Augusto le despertaron el deseo interno de sentirse otra vez capaz de atraer.

–Dices que mi cara te es familiar, podrías tratar de recordar.

–Son tus ojos, algo en tu mirada me parece conocido.

Federico entonces la miró a los ojos, de frente, como reconociéndole el rostro fragmento a fragmento en una mirada. Irene se sonrojó, pero de nuevo aquella magia, aquél hechizo agudo que no la dejaba desviar sus ojos aunque quisiera. Ahí fue que le notó la cicatriz en la frente. Era una pequeña cortadura de menos de una pulgada de largo.

–¿Qué te sucedió? –preguntó Irene mientras por un impulso extendía su mano hacia la frente de Federico.

–Un accidente, fue hace muchos años. Eres muy curiosa.

Federico percibió la aprensión de Irene. Le retiró la mano y se apresuró a desviar la conversación.

–Conozco a varias personas del Starbank, tal vez te haya visto antes.

Irene preguntó con insistencia, pero descubrió que no era muy cercana a los colegas que Federico mencionaba.

–También conozco a algunos Arizmendi, tal vez sean familia.

En la conversación Irene descubrió que él conocía a su prima Amalia y a su esposo.

–¡Claro¡ Eres la de las trencitas de colores–exclamó el hombre de repente.

–¿Trencitas? ¿De qué hablas?

A Irene le pareció divertido, incluso infantil, el comentario de Federico.

–Sí, ahora te recuerdo. Tú eras la prima de la foto tenías trencitas en todo el pelo, amarradas en los extremos con hebillas de colores. Eras como un arco iris sonreído.

Irene se llevó las dos manos a la boca intentando aplacar el asombro. Los ojos enormes parecían saltarle del rostro. Estaba turbada. Aquella foto... ¿cómo podía él saberlo?. Su risa nerviosa no la dejaba hablar. Finalmente reaccionó.

–Tenía cómo trece años. Usaba un retenedor en los dientes. ¿Cómo sabes de esa foto?

–Ya ves, te conozco.

De pronto, aquél extraño que tomaba café mientras ella evocaba su pasado amoroso le resultaba familiar. No leyó los informes del banco. Ni siquiera sacó la Vogue del bolso. Federico fue descubriendo, con exquisito acierto, la vulnerabilidad femenina de Irene. Despacio abrió la puerta de la seducción. Al paso de tres horas y cuarenta minutos la armonía era obvia. Tanto, que ella no se intimidó con la sacudida del avión previo al descenso.

–Esa sacudida no era parte de la rutina de aterrizaje ¿Superado el miedo tan pronto?

–Puedo morirme ahora mismo – respondió ella mientras se le dibujaba una sonrisa maldita en los labios.

–¿Tienes algún plan, además de la muerte, en Nueva York? – Preguntó él arqueando las cejas.

–Trabajo intenso. ¿No es eso la muerte?

–A veces –respondió su voz tosca, esta vez sin susurros.

El silencio no fue oportuno. Sintieron las ruedas del avión besar la pista y rodar por ella mientras el piloto les daba la bienvenida a la ciudad.

–Estaré ocupado durante la semana, pero tengo el fin de semana libre. ¿Puedo invitarte a cenar?

–Creo que tendremos muchas opciones culinarias disponibles.

–¿Debo interpretar un sí?

–Claro –contestó Irene risueña.

–¿Sábado? ¿Te parece?

–Sí, estaré en el Hilton.

–Siempre te quedas allí –Federico dijo esto sin mirarla, mientras se soltaba el cinturón.

–¿Cómo lo sabes? –preguntó intrigada.

–No, si no lo digo, lo pregunto.

–Casi siempre –comentó ella en voz baja.

Bajaron juntos del avión. Recogieron sus respectivos equipajes y Federico acompañó a Irene hasta el taxi.

–Te llamo esta noche.

–¿Lo dices o lo preguntas? –apuntó Irene juguetona.

–Lo digo.

Eran las nueve de la noche, Irene salió de ducharse y vio que la luz de mensajes del teléfono estaba encendida. Era Federico. "Espero que el baño haya sido de espuma, es lo mejor para relajarse. Te llamo mañana."

Se sentó sobre la cama aún vestida y escuchó el mensaje otra vez. Federico se tornaba misterioso. No sabía mucho de él, ni siquiera tenía un número de teléfono en dónde conseguirlo. Se le ocurrió llamar a la recepción y preguntar si Federico Sandel estaba registrado en el hotel. Ante la negativa de la operadora se sintió perturbada. Se acostó a dormir del lado izquierdo de la cama, cerca del teléfono, que no sonó en el resto de la noche.

El miércoles en la tarde decidió llamar a su prima Amalia. No estaba, le dejó un mensaje en la contestadora. A las ocho y media sonó el celular. Era ella. Luego de los saludos de rigor Irene se aventuró a preguntarle por Federico.

–Su nombre no me suena –contestó Amalia tratando de recordar –. ¿Cuándo dices que estuvo en casa?

–Era una fiesta del trabajo de Andrés, parece que fue hace algún tiempo. El trabaja en inversiones, bienes raíces, deben conocerse de la oficina de I.B.R., supongo, cuando Andrés trabajaba allí. Sabía de mi foto, la de las trencitas

–Caramba, Irene, no me suena ni su nombre ni la descripción que me das. Pero le voy a preguntar a Andrés cuando llegue, él debe acordarse.

Irene seguía confundida. Esperó en vano que el teléfono de su cuarto sonara esa noche. El jueves, durante el receso de la reunión, recibió un mensaje en el banco.

–La llamó el Sr. Federico Sandel.

–¿Dejó algún número de teléfono?

–No, dijo que la llamaría más tarde.

Esa noche sentada en el escritorio de su habitación escuchó el timbre del celular, vio que el número de teléfono no se identificaba en la pantalla. Contestó.

–Tenemos una cita el sábado. Paso por ti a las 6:00. Te busco en el hotel.

–¿Cómo sabes mi número?

–Me lo dieron en tu oficina, te llamé esta tarde.

–Sí, lo sé, pero nada, no me dijeron.

–No te desveles leyendo informes, los trabajos en la banca son muy ingratos. El sábado me encargaré de que descanses mejor.

Esto último lo dijo bajito, su voz parecía arrastrarse con dificultad. Por primera vez Irene sintió miedo. El viernes en la mañana sonó el celular. Era Amalia.

–Creo que lo recuerdo, Irene. Alto, blanco, tenía bigote y un asomo de barba. Mencionó algo de tu foto.

–No, no usa bigote ni barba.

–Bueno, el que te digo sí. No sé si es el mismo, porque Andrés dice que no era Federico, que se llamaba Miguel Linardo. De todos modos era conversador. Tomó el marco con la foto en su mano y me preguntó quién era. Le contesté que eras mi prima, pero que esa foto era vieja. Ahora eras una profesional de la banca. Eso le llamó la atención y preguntó algunas cosas más.

–¿Qué cosas?

–No recuerdo bien tu nombre, creo que el banco para el que trabajabas. Creía que podía conocerte por nombre o referencia.

Cuando Irene colgó su corazón palpitaba muy aprisa. Llamó al banco e informó que llegaría más tarde. Se comunicó con su oficina en Puerto Rico. Logró hablar con dos de los colegas que le mencionó Federico en el avión. Ninguno lo conocía.

Aún aturdida decidió acudir a la policía. Tuvo que decir que Federico la había amenazado para lograr que rastrearan su nombre. La búsqueda mostró dos nombres iguales, ninguno coincidía en edad ni descripción. A ella le sudaban las manos cuando le pidió al oficial que por favor buscara bajo Miguel Linardo. Pasaron sólo unos minutos cuando el policía le mostró una foto en la pantalla de la computadora. Era él.

Tenía bigote y barba abundante, no llevaba lentes y su pelo era más claro. Vio la pequeña cicatriz en la frente y aquellos ojos intensos imposibles de olvidar.

–Es él –dijo sin querer decirlo.

De inmediato su visita en la comisaría activó todo un operativo. Miguel Linardo era sospechoso de varios asesinatos en serie. Se le vincula a la muerte de cuatro ejecutivas con perfiles similares; mujeres atractivas, entre 38 y 45 años. Luego de apuñalarlas, las quemaba. De costumbre seductora, se las ingeniaba para conocer datos personales de sus víctimas y ganar su confianza. Una de ellas le infligió una pequeña cortadura en la frente durante el forcejeo. Luego de apuñalarla la quemó. Había trabajado con diversas firmas de corretaje. Desvió una fortuna a través de trámites en bancos extranjeros. Era muy hábil, pero muy perturbado. Llevaba dos años prófugo de la justicia, se le habían presentado cargos en ausencia por fraude y por los asesinatos.

El pánico la estremeció. Les reveló que tenía una cita pendiente para el sábado a las seis de la tarde. Se dejó guiar por el plan de las autoridades. Llamó al banco, habló con su jefe y le pidió a las secretarias que si recibían llamadas para ella informaran que estaba reunida. Fue escoltada hasta el hotel. Entró entonces en vigor el plan policial para la operación encubierta.

Él la llamó a su habitación y no al celular como ella hubiese esperado.

–¿No trabajas hoy?

–No me sentía bien, regresé temprano –contestó ella evitando evidenciar el desconcierto.

–Algo de esto altera nuestra cita.

La expresión del hombre era adusta. La hosquedad de su tono la intimidó.

–¿Lo dices o lo preguntas? –reaccionó nerviosa.

–Lo pregunto.

Sintió su voz tan próxima que sin poder evitarlo dejó escapar un gemido.

–No, no se altera – las palabras apenas se escurrían de su boca –sólo que prefiero cenar en el restaurante del hotel.

–Carne asada, es la especialidad de ese chef. Te veo mañana a las seis.

Irene se abrazó a la almohada y lloró con desconsuelo. Estaba abatida.

Entró al restaurante a las cinco y cincuenta. Sus ojos lánguidos miraban a todas partes como temiendo el ineludible encuentro. Se sentó mirando hacia la puerta. Juntó las manos para serenarse, pero le era imposible permanecer tranquila. Probó el vino y con recato pasó la servilleta por sus mejillas. Llevaba el pelo recogido y poco maquillaje. Vestía una blusa roja con pantalón y chaqueta negra. Sus únicos accesorios eran unas argollas doradas y un reloj que descubría bajo la manga para revisar la hora. Aún con su sencillez se veía hermosa.

Eran las seis y veinte minutos. Por momentos su mirada se cruzaba con la de los agentes encubiertos. Estaba impaciente. A las seis y treinta sonó su celular. La pantalla del teléfono no identificaba el número. En la distancia, un gesto casi imperceptible del agente le indicó que contestara. Aquella voz la quemaba:

–El mejor término de la carne asada es bien cocida. Como entenderás, no será hoy nuestra cita, una pena, porque el rojo te favorece.

Y colgó.

LLEGARON PA' QUEDALSE

por Blancairis Miranda-Merced

Mira mano, sonó bien duro. Yo dije, se jodió el poste. Y el perro ladra que te ladra. Me asomé a la ventana rochao. Y cuando ví aquella luz, mano, yo dije, se quemó la casa ¿me'ntiende? Me quedé allí clavao mirando el fuego, mi'que cosa, en vez de salir corriendo. De momento, chequéate, me di de cuenta que no hacía calol, cosa que si es un fuego, digo yo, tiene que hacel calol ¿veldá? ¿Yo? Pues seguí mirando. Uno se pone bruto, mano, to'el mundo dice, si soy yo hago esto o lo otro, acho papi, uno se queda ahí como irnotizao, tú sae, así frizao, en la babilonia. Esto'tá pol'fuera, chequéate, no era fuego, era una canto'e'luz desas que se ven blanquitas y potentes, ¿cómo te digo? Tú saes cuando prenden las luces en el parque, ¿viste? Al principio yo creía, qué se yo, que se había caído una estrella desas que uno le pide un deseo, pero sonaba, tenía un ruido, ¿cómo fue? Tú sae, como cuando se daña el aire del carro o algo así. To' fue bien rápido, pérate, ¿fue ahí? Entonce la luz como que se fue apagando, acho papi, y ahí fue, mano, no me lo vas a creel, lo que salió de allí, se me paran los pelos, aquello era como una baba, en veldá veldá, una baba amarilla, ¿amarilla era? No. Era así como, ¿verde chatré es que se dice? Ese color así como foforecente, ¿viste? No me quiero ni acordar, ahí fue que me cagué, en veldá, yo dije, qué carajo e'ejto. Entonceh la baba se arrastró hacia el perro, bendito, y el perro seguía ladrando, y yo, mano, yo me dije, pa'que habré amarrao al pobre perro, pero ya pa'que, acho, ¿tú hubieras salido? ¿No tiene na'por ahí? Ajá, ah, sí, cuando se le trepó arriba al perro, ahí fue troya, el perro chillando, el ruido aquel zumbando, la luz que se prendió encandilá, y, mano, la luz arrancó pa'rriba y se peldió en el cielo. Jurao, mano. Entonceh yo dije, qué jodienda, eso es un estraterrestre, y ¿qué tú vieras hecho? No me venga con mielda, lo que hice yo, ¿viste? Busqué la nueve. Polque el perro ya no era el perro, ¿viste? La baba se le metió pol dentro, ¿me'ntiende? ¿Tú viste meninblac? Jurao. Papa, le pegué cuatro tiro. Acho tipo no, no, ¿tú no entiende que no era el perro? Mano, si ese perro y yo éramoh uña y calne; en veldá en veldá, yo a ese perro, mano, lo quería mas quel carajo. No, papa, yo no me había metío ni el deo, ej maj, yo estoy tan pelao que llevo dos días sin dalme un palo, ¿viste? ¿Tienes un cigarrillo por ahí? Gracias, mano. El caso es que cuando me di de cuenta, veo al vecino salir de atrá de la casa. Ahora te pregunto yo ¿Qué carajo hacía el vecino, a esa hora, en el patio de mi casa? No, no, no fue por los tiro. El estaba allí polque no era el vecino, ¿tú me entiende? Era como mi vecino, pero no era el vecino, fue que se le metió pol dentro, ¿viste? Jurao que tenía el colol foforecente ese en lo ojos. Se le salió al perro y se le metió al vecino. Coño mano, tú ties que habel visto esa película, que la cucaracha aquella se le metió pol dentro al tipo y la mujer no se dio cuenta. Se lo dije al gualdia, no se van a ir. Si uno no acaba con tos' se le siguen metiendo a to'el mundo pol dentro. Te digo que no me había metío na', coño ¿no entiende chico? Mera, no te cuento mas na' so morón. No, no joda, conmigo no joda. Yo te lo cuento pa' questés pendiente. Están por ahí, regaos, cualquiera pue' tener uno pol dentro. Ajá, so pendejo, quédate ahí en la mamel que te va a jodel tú también. Pues si quieres que siga, queate callao. ¿Por dónde iba? Me peldí. Ah, entonce se le metió al vecino. Acho papi, fue rápido, ni lo pensé, seguí disparando y aquí estoy. ¿Qué, qué? Pues eché pique. ¿Me iba a quedal allí como un pendejo pa'que se me metiera a mí también? Cuando me pillaron los azule ya iba puel licuorstoar, jurao que ni me di de cuenta cómo llegué allí. No, esta jodía gente no me cree un carajo. Mira que se lo he contao con tos los detalles.

Limpiate ese moco. Ese moco verde que te chorrea por la nariz, ¡coño!, y por la oreja. ¡Qué jodienda! No joda, mano, echate pa'llá. Gualdia, gualdia, sácame de aquí. Puñeta, se los dije, llegaron pa' quedalse. ¡Guaaaldia!

Los Dieppa

por Sandra Santana Segarra

El día que llegó aquella familia, el año pasado, mi hermana Demetria y yo estábamos jugando a un lado del camino, haciendo figuras con el barro colorado, a varios metros de los recién llegados. Había llovido toda la noche y aún no se secaba la tierra. La familia llegó en una carreta tirada por caballos. Traían pocas cosas, lo que indicaba que eran tan pobres como todos los que vivíamos en aquel lugar. Observamos, muy quietas, aquella novedad. El señor era moreno, muy alto, flaco, bigotudo y cejijunto. Lo último le daba una apariencia de pocos amigos. La señora era bajita, muy blanca y "revejía"; como decíamos de las personas que se veían muy avejentadas. Tenían dos hijos, una niña y un varón, muy lindos. Calculamos que debían tener la misma edad de nosotras, diez y doce años.

En ningún momento repararon en nosotras. Al parecer estaban muy ansiosos por terminar la mudanza y despedir al cochero. Al final el señor cerró la puerta sin detenerse a mirar a su alrededor. Seguro que la paja reseca de las paredes se estremeció con aquel portazo. Nos quedamos un rato, a ver si los niños salían a jugar, pero no salieron, así que volvimos a nuestro montoncito de tierra mojada. Nos preguntábamos cómo sería la nueva familia y cuándo podríamos hacer amistad con los chicos.

Era entrada la tarde cuando decidimos ir al río a lavarnos las manos. Al pasar frente a la casa de la gente nueva oímos unos ruidos extraños. A Demetria, que se pasaba inventando historias para espantarme, se le ocurrió decir que aquello era obra del ánima sola, como se les llamaba a las almas errantes. Nos alejamos corriendo de allí.

Cuando papá llegó a casa nos enteramos que los nuevos vecinos eran de apellido Dieppa y que venían de Caguas. Ni mi hermana ni yo podíamos imaginar otro pueblo porque nunca habíamos salido de nuestro barrio en Aguas Buenas. Mamá escupió la mascadura de tabaco y dijo que presentía algo, pero no supo decir qué.

A la mañana siguiente, como cada mañana, Demetria y yo fuimos a buscar agua al río. Había que caminar bastante, por lo que siempre nos entreteníamos con cualquier cosa que avivara nuestra imaginación en el trayecto. Esta vez la distracción eran los Dieppa. Vimos a los niños sentados en la escalera del frente y tuvimos la intención de saludarlos, pero cuando nos vieron, se levantaron y se alejaron de nuestra vista.

Así pasaron los días. Al principio los niños nos veían y se escondían, luego se nos quedaban mirando, asustadizos, sin atreverse a hablar o acercarse. A la señora no se le veía nunca, ni siquiera en el balcón. Con el señor nos cruzábamos a veces, y siempre parecía que estaba de mal humor.

Un día, cuando comenzaba a caer la tarde, Demetria y yo decidimos aventurarnos a entrar a la finca de los Dieppa. Aquella gente despertaba en nosotras una gran curiosidad. Entramos por un hueco en la alambrada. Se notaba la luz tenue de un quinqué en un cuarto. Sigilosas, nos acercamos. El chirrido de los grillos, el canto de los coquíes y el cacareo de gallinas y gallos ahogaban el ruido de nuestros pies descalzos sobre las hojas secas. Cerca de una ventana escuchamos unos quejidos que nos alteraron el ánimo. Era como si estuvieran torturando a alguien. Otra vez la explicación de mi hermana para aquellos ruidos hizo que saliéramos casi volando, dejando jirones de los ralos vestidos en los alambres de púa.

A pesar de todo, aquel lugar tenía como un imán que nos atraía. Nos gustaba jugar cerca de allí. En una ocasión vimos a la niña a un lado del balcón. Estaba vomitando y se retorcía como si estuviera poseída. Cuando se incorporó, notamos que tenía el vientre muy abultado y su cara como desfigurada. El hermano miraba de lejos, visiblemente apenado. Huimos despavoridas por el espanto que nos causó semejante visión.

Papá le contó a mamá que el señor Dieppa era un hombre muy callado y que sólo hablaba cuando tomaba ron pitorro. Pero esa conducta se consideraba muy normal entre ellos, así que se entendían muy bien, principalmente porque también a papá le gustaba mucho el licor. A mamá, en cambio, no le gustaba que mencionáramos a aquella gente. Le daba escalofríos su sola mención. Tal vez fuera que en esos días le faltaba el tabaco para mascar y cuando eso sucedía se ponía de mal humor y casi no hablaba. De todas formas, los Dieppa eran un enigma para mi hermana y para mí.

Yo pensaba que cuando comenzaran las clases, tal vez pudiéramos hacer amistad con los niños Dieppa, pero eso no ocurrió. No los mandaban a la escuela, así que no hablaban ni se juntaban con nadie. Nuestra curiosidad aumentaba.

Una tarde, al regresar de la escuela, escuchamos un gran alboroto que provenía de la casa de los Dieppa. Sobresalía la voz del señor, diciendo que él era el que mandaba. Subía y bajaba la voz y algunas palabras sueltas viajaban con la brisa caliente. Por momentos dominaba la voz llorosa de la señora y parecía que hacía recriminaciones, pero éstas se apagaban ante la autoridad suprema del amo, que seguía vociferando enfurecido y cada vez más fuerte.

En eso vimos a la madrina Salvadora, que era la comadrona del barrio, entrar a la vivienda a toda prisa. Nos detuvimos a prudente distancia. Los gritos del señor cesaron y comenzaron los de la niña. Los alaridos rompían el silencio monótono del campo, parecía que la estaban matando. Atemorizadas, apresuramos el paso para alejarnos de allí.

Le contamos a mamá. Ella se persignó, diciendo que era cierto lo que presentía, que aquella gente cargaba con mala suerte. No entendimos por qué decía eso, si nunca los había visto, mamá casi nunca salía de la casa.

Cuando ya cansadas de intentar acercarnos a los chicos sin obtener resultados decidimos rendirnos, comenzaron a circular rumores. Decían que por las noches se oía el llanto de un bebé en la finca de los Dieppa. Madrina Salvadora visitaba a mamá, pero nunca hablaba de aquella familia delante de nosotras. Mi hermana y yo decidimos hacer una averiguación. Un día, al caer la tarde, salimos a investigar el misterio. Entramos a la propiedad y de inmediato lo escuchamos. Claro y alto, era el llanto de un bebé. Nos concentramos para descubrir de dónde provenía. El espanto no pudo ser mayor al comprender que aquel llanto salía de las mismas entrañas de la tierra. Un ligero temblor sacudió el lugar donde estábamos paradas, obligándonos a salir de allí a toda velocidad. Nos caímos muchas veces, se nos pelaron las rodillas y el susto nos cerró la garganta durante todo el camino.

Era la primera vez que nos enfrentábamos a algo semejante. No dijimos nada a mamá para evitar que nos castigara por andar entrometiéndonos en asuntos de adultos.

Al día siguiente, de camino a la escuela, ya bastante cerca de la que llamábamos la casa embrujada, nos quedamos paralizadas frente a lo que vimos. El señor Dieppa salió corriendo, gritando cosas que no alcanzamos a entender. Le seguía la señora, más flaca y más vieja que al llegar, dando alaridos como enloquecida. Los niños también salieron llorando a dúo. No se sabía quién gritaba más. Iban desbocados, como quien huye de un enemigo formidable. Desaparecieron de nuestra vista, envueltos en la polvareda que levantaron en su loca carrera. A su paso dejaron una estela de dolor y el eco de un llanto sin consuelo. Fue una cosa como de la otra suerte...

El maligno

por Juan Félix Algarín Carmona

Tuve un encuentro con el Maligno. Vino a poseer mi alma. Me negué. Me impuso un pacto. Recordé la leyenda de Fausto y lo acepté.

–El día que esté satisfecho a plenitud, mi alma te pertenece.

El Maligno, que ya conocía la treta, y que se le hacía difícil pescar incautos desde que Goethe publicó su obra, tuvo un berrinche. Gritó, maldijo, blasfemó. Botó espuma por la boca. Se revolcó por el suelo. Enterró los chifles en la tierra y parado de cabeza trataba de flagelarme con el rabo, mientras expedía un asfixiante olor a azufre y a cuerno quemado. Se tranquilizó. Me propuso otro trato. Me pidió que escribiera un cuento ultra corto y me aseguró que en el instante en que el primer ingenuo lo leyera, tomaría su alma a cambio de la mía. Si no me crees, pregúntale al Maligno. Está parado justo detrás de ti en este momento.

Isabela no ha vuelto

por Shara Lávender

Esa mañana se levantó de mejor ánimo. Caminó despacio hacia el baño y, antes de mojarse la cara, miró el lado derecho de la cama con cierta melancolía. Isabela no ha vuelto, pensó. Se lavó la cara con jabón de avena, el favorito de su esposa, e inmediatamente se dispuso a cocinar. Había decidido llevarle el almuerzo a su mujer a la oficina donde trabajaba, una agencia de seguros muy reconocida en la ciudad.

Comenzó cortando las cebollas finamente y luego limpió las zanahorias para entonces rayarlas. En un envase cromado colocó cebollines, alcaparras, pimientos, ajíes y tomates; ingredientes que luego trituraría en la licuadora para incorporarlos a la sopa de carne. El ruido del procesador de alimentos lo perturbaba. Pensó en cómo conoció a Isabela, en sus primeros años juntos y en todas las veces que había tenido que perdonarla. Pendejo, pensó. ¿Habrán sido cuatro, cinco ó siete? Bernardo no estaba seguro de cuántos hombres se habían paseado por los surcos de Isabela, pero sabía que no había sido el único. Después de todo, es mejor comerse un bizcocho entre dos que una plasta de mierda uno solo, se decía mientras recogía las cáscaras y los restos de viandas que usaría para su plato.

Había cercenado la carne con cuidado. Las piezas de músculo se confundían con la parte magra y los pedazos de manteca blanca bordeaban las orillas. Limpió la grasa y desechó todo lo que no necesitaba del animal; los órganos que componen el estómago y la cabeza. De pronto, volvió a pensarla y saboreó sus labios pensando también en la sopa. ¿Será posible que nos arreglemos? ¿Será posible que deje de ser tan puta?, se preguntaba en voz alta mientras hervía el agua en la olla. Hace dos semanas no la veo, ¿y si no quiere la sopa?, se lamentaba y las lágrimas se asomaban en sus ojos resecos.

Con mucho cuidado, lavó los pedazos de carne sin sebo y los cortó en cuadrados perfectos sin hacer ruido. Le olió a ella, a su pelo, a sus dientes, a sus tetas. Cerró los ojos y se relamió los labios ya mojados. Mientras hervían las legumbres, estrujó la carne para sazonarla con pimienta y sal. Al ritmo de su propio tarareo, frotaba la cintura contra el gabinete de la cocina y sentía su esfuerzo duro, pesado. Echó los trozos de codillo en el agua hirviendo para que el cartílago le diera sabor al caldo. Luego, como siguiendo un ritual, fue introduciendo los ingredientes uno a uno. Tapó la olla y redujo la candela. Había sudado pensando en ella y en cómo hacía dos semanas le había hecho el amor con fuerza antes de que se marchara. Para quitarse la histeria se encaminó hacia la ducha, dispuesto a dejar que la carne se ablandara.

Dos horas más tarde y cercano ya el mediodía, salió de la casa con una fiambrera llena con sopa de carne y perejil fresco. Tuvo que tomar el autobús, llevaba dos semanas sin auto, sin empleo y sin Isabela. Entre la gente, se acomodó como pudo y cerró los ojos para pensarla una vez más, antes de volver a verla. La guagua se detuvo en varias estaciones y, cuando llegó a la número siete, Bernardo se apeó de un brinco. Estaba ansioso por tocarla, lo gritaban sus ojos enrojecidos, sus costillas marcadas, su carne débil, su corazón deforme.

Cuando se detuvo en la puerta de la oficina vio su reflejo en el cristal y se dio cuenta que andaba muy desaliñado. Se acomodó la camisa dentro del pantalón y agarró el recipiente con fuerza mientras caminaba hacia la recepcionista.

–Buenas, eh... ¿podría conseguirme a Isabela?... por favor señorita.

–¿A quién? ¿Isabela? –preguntó asombrada.

–Sí, a Isabela Castro. Soy su esposo y vine a traerle almuerzo.

–Ella... ella ya no trabaja aquí –dijo.

–¿Cómo? ¿No trabaja aquí? Es que...

–Bueno, no viene hace dos semanas. Isabela no ha vuelto -masculló la joven sarcásticamente.

–Pero, ¿cómo que no viene hace dos semanas? –preguntó extrañado.

–Ya le dije. Van dos semanas cumplidas. Y lo dejo, tengo que terminar el trabajo de su esposa. Que pase buen día –y se hundió entre papeles.

Bernardo caminó desconcertado. Tomó el autobús de regreso a su casa. Alcanzó a ver un asiento libre en la parte posterior y se sentó para pensarla. Sintió rabia al imaginarse sin ella y dirigió sus pensamientos hacia su regreso. Vuelve, ya verás que vuelve, se dijo y cerró los ojos para poder soñarla. Esa tarde tampoco comió, dejó la sopa tapada esperando poder cenar con ella.

Cuando el cansancio lo rindió y sintió que esa noche Isabela tampoco volvería, se recostó en una hamaca a sollozar. Comenzó a quedarse dormido mientras pensaba qué cocinaría al día siguiente, tenía que deshacerse de los dos fémures que guardaba bajo la cama. Quizás otro caldo.

La conspiración

por Héctor Morales Rosado

La proliferación del cuento corto, a principios del siglo 21, logró eliminar, casi en su totalidad, la creación de novelas. Los grandes proponentes del nuevo canon literario, novelistas todos, presintiendo lo peor, determinaron que "si no hay novelas, tampoco habrá cuentos". Entonces, establecieron que 200 palabras eran suficientes para producir una obra narrativa. Luego, en la década siguiente, un cónclave universal de ex novelistas desempleados concurrió en que con dos oraciones, de no más de 15 palabras, bastaba para decir todo. Ya para fines de siglo, el cuento hiperbreve de mayor impacto fue la famosa 'Página en blanco', reafirmando contundentemente la futilidad de las letras. Aunque se le otorgó el premio Nobel, su autor no fue recompensado y menos aún reconocido, pues en el afán de ahorrar palabras no firmó la obra.

A partir de ese hito histórico, se creó el 'Metaultrabrevismo', el intrépido estilo literario que proponía que la expresión narrativa moderna se reduciría solamente al tamaño, forma geométrica y color del papel. Las palabras sobraban. La nueva literatura fue muy bien acogida por los políticos, quienes encontraron un medio que ellos podían entender. Los cuerpos legislativos, unánimemente, aprobaron una ley, hablada por supuesto, y promulgada al pueblo a través de altoparlantes, que vedaba la escritura con la finalidad de economizar espacio en el país. Violar la misma conllevaba una pena de 10 años de cárcel sin derecho a probatoria. Los países del mundo acogieron con beneplácito la legislación, con la certeza de que su aplicación reduciría los efectos del calentamiento global.

Hoy, en los albores del nuevo milenio, algunos jóvenes, clandestinamente, honran a los que sacrificaron sus vidas en la sangrienta revuelta por las letras en el 2099. Estos escribas incipientes plasman sus palabras, irreverentemente, en los coloridos y multiformes papeles vacíos de las obras más laureadas de los últimos años. Además, todos coinciden en que el mejor medio para retomar el uso de las letras, inequívocamente, es la novela... y mientras más larga, mejor. Después de todo, tanto tiempo publicando páginas sin palabras, había mucho por escribir. ¡Los novelistas al fin habían triunfado!

VÉRTIGO

por Luccía Reverón

Desde la ventana vi cuando mi gato comenzó a treparse en un gran árbol. Salí corriendo para agarrarlo, pero cuando llegué, ya estaba casi en lo más alto. Se arrinconó en el comienzo de una rama y desde allí empezó a maullar a intervalos cortos. Miraba hacia abajo. Yo extendí los brazos diciéndole "misu, misu" para que brincara. Él continuaba acurrucado. Su maullido se apaciguó, se volvió lento y prolongado, parecía un quejido. El gato estaba asustado. Me conmoví al verlo, parecía como si se hubiera congelado.

Entré rápido a la casa para buscar la escalera, pero no la encontré; se me había olvidado que la presté al vecino hacía dos semanas y él se había ido de viaje. Se me ocurrió buscar un juguete de mi hijo, un ratoncito de cuerda, pero no lo encontré. No me quedó más remedio que intentar subir al árbol o llamar a los bomberos, pero luego pensé que ellos deberían estar muy ocupados. Me vestí, entonces, con el equipo de protección que usaba para correr motoras: casco, protector de codos y de rodillas.

Salí y me acerqué al árbol, decidido a bajar mi gato. Levanté mi cabeza y miré hacia la rama donde había estado acurrucado, pero no lo vi. Tampoco escuché el maullido, mas pensé que tenía que estar allí, pues los gatos trepaban, pero se les hacía difícil bajar. Empecé a trepar al árbol poco a poco, un tanto temeroso. No quería mirar para abajo porque me causaba vértigo. Abrazado al árbol empecé a llamarlo diciendo "miau, miau". Cuando por fin lo escuché, yo estaba en la copa. Con temor miré hacia donde provenía el sonido y allá abajo estaba el gato, en los brazos de un niño.

Tarde

por Sandra Santana Segarra

Cuando Sarah se enteró que estaba embarazada, ya era tarde para practicarse un aborto. Pensó en la posibilidad de dar la criatura en adopción, pero no tuvo valor, siquiera para indagar sobre el asunto. Así que tuvo que seguir adelante, simulando que no le importaba ser madre soltera a sus cuarenta años.

A medida que crecía su vientre, aumentaba la certeza de que la vida a la cual estaba acostumbrada se iba acercando a su fin. La alta sociedad a la que pertenecía, no le perdonaría semejante desliz. Se lamentaba una y mil veces de su desatino.

Siempre recordaría aquella noche en que se dejó deslumbrar por aquel negro de estatura imponente y atrayente musculatura. Se sintió en las nubes cuando él se fijó en ella. El corazón se le estremeció y comenzó a imaginar su vida unida a la de aquel hombre. Sabía que una relación así no sería bien vista en su círculo exclusivo, en el que la igualdad social y racial existía sólo en apariencia.

Ni siquiera su familia inmediata aceptaría en su seno a una persona que consideraran en posición de desigualdad frente a ellos. Aún así, pensaba que por una sola vez podría tener una aventura sin mayores consecuencias con aquel ejemplar. Nunca había intimado con un hombre negro, ni había sentido la más leve curiosidad hacia alguno de ellos. Pero tenía que reconocer que aquel era diferente, simplemente espectacular. Su aire de casanova lo hacía irresistible. Exudaba una virilidad que casi se podía palpar. Sobre todo al bailar. El bolero de letra salvaje y música seductora conspiró con el cuerpo varonil para despertar en ella una sexualidad irracional. El aliento caliente acariciaba sus cabellos y las orejas comenzaron a enrojecer de puro gusto. A la altura de su pecho, el exquisito olor del macho la embriagaba. En la deliciosa penumbra del salón, las grandes manos viajaban por su espalda, subían al cuello y bajaban hasta el nacimiento del trasero, acalorándola, pegándola más a su cuerpo en cada movimiento. El roce de los cuerpos fue fatal. La dureza de la entrepierna masculina la hizo perder el control. Ya nada tuvo sentido para ella. Sólo un deseo llenaba su mente, sentirlo. Deslizó una mano por el amplio pecho y bajó hasta la bragueta para palpar aquel formidable bulto. Él tomó su mano y la apretó contra sí, mientras le susurraba al oído palabras que la excitaban y la llenaban de ansiedad. La oleada de placer fue estremecedora. Se dejó llevar. Y el negro la llevó a un motel. Hicieron el amor muchas veces esa noche, salvajemente, con desenfreno, saciando las ansias que se desbordaban sin control. El hombre la hizo llegar a límites insospechados, logrando hacerla sentir un placer que nunca antes había experimentado. Al amanecer se despidieron para siempre, pues a ninguno de los dos le interesaba establecer una relación seria.

A medida que pasaban los meses, Sarah comprobaba con amargura cómo se deformaba su cuerpo, tan cuidado hasta hacía unos meses. En silencio, rogaba al cielo que la nueva criatura llegara con un color de piel lo suficientemente aceptable como para ser admitida en su círculo social. De no ser así, estaba segura que el futuro sería desastroso para ella, porque no era lo mismo acostarse con un negro, que parir un hijo negro. Ya era suficiente con tener que vivir en estado de aislamiento. Sus amistades ya casi no la procuraban. Sabía que la habían juzgado y encontrado culpable, tal como ella lo había hecho antes con otras que tuvieron la osadía de ser madres solteras. Su caso era más difícil, porque el padre de la criatura estaba proscrito en su entorno social.

Llegó el día del parto y por fin conoció a su hija.

Casi muere por la impresión. La niña nació tan negra como el padre. Se echó a llorar sin consuelo. Las enfermeras pensaron que lloraba de la emoción, pero la nueva madre lloraba de vergüenza y de rabia por haber dado rienda suelta a la locura aquella noche.

Se mudó a otra ciudad, donde nadie la conocía.

Profesional como era, no tuvo problemas para hallar un nuevo empleo. Hizo nuevas amistades, gente común y corriente, que no reparaba en cosas como la posición social o el color de la piel. Le ofrecieron una amistad sin requisitos para cualificar y sin juzgar su condición o estado civil.

Pasaba el tiempo y a pesar de que mantenía a la hija en las mejores condiciones de bienestar físico, Sarah nunca pudo sentir por ella más que resentimiento. No le perdonaba el giro que tomó su existencia por causa de su nacimiento. La consideraba una intromisión indebida y no deseada en su vida. El amor que las madres decían sentir por sus criaturas, ella sólo sabía fingirlo. La sensación cálida y de bienestar que todas afirmaban haber adquirido tras la maternidad, nunca se gestó en su corazón.

Pocas veces salía con la pequeña Mara. Generalmente era para visitar los centros comerciales, acompañada por sus nuevas amigas y sus hijos. Sin embargo, a medida que pasaba el tiempo, se le hacía cada vez más difícil soportar aquellas salidas, porque la chiquilla siempre armaba un escándalo por cualquier motivo. Sarah le compraba todo lo que pedía, con tal de que se tranquilizara. Unas veces lo conseguía y cuando no, la criatura rompía a gritar a todo pulmón. Ella la ignoraba y dejaba que alguna amiga se hiciera cargo de calmarla. Las salidas se convertían, entonces, en un experimento en frustración.

Entre el trabajo y la casa transcurría su vida. El hastío le ofuscaba la mente. Sentía que la hija era cada vez más insoportable. Se culpaba a sí misma porque sentía que su vida se había echado a perder. Los últimos años le habían hecho cambiar de actitud respecto al matrimonio. Ahora añoraba lo que antes despreciaba; pero pensaba que ningún caballero se fijaría en ella con intención de formar una familia. Lo cierto es que algunos sí se habían acercado, pero no reunían los requisitos impuestos por ella.

Así que su angustia crecía al advertir que sólo le esperaba una vejez ingrata.

No había vuelto a saber de aquel a quien llamaba don Juan y al que culpaba de haber trastornado su vida, hasta un día que fue a un centro comercial con una amiga. Él venía de frente. El movimiento al caminar, la ropa ajustada y el aura de macho cazador, lograron que por un momento casi perdiera el equilibrio. Sus ojos se encontraron y por un momento pensó que la iba a saludar. Pero pasó de largo, sin reparar en ella ni en su hija, de la cual desconocía su existencia. Siguió de largo, del brazo de una hermosa mujer. Sintió náuseas.

Tuvo que detenerse para recuperar la compostura.

A pesar de todo, todavía soñaba con frecuencia con él. Al despertar, seguía soñando, recreando cada momento de aquella noche fatal: la forma ruda de arrancarle la ropa, el aliento caliente, el olor picante de su piel, la lengua hábil, la verga poderosa penetrándola una y otra vez. El placer llevado al límite del dolor. La enajenación total. Nunca había sentido tanto placer, ni antes ni después del negro que entró en su vida y se alojó como una obstinación en su pensamiento. No lamentaba el encuentro, lo único que sentía era no haberse protegido.

Nadie podía imaginar lo infeliz que se sentía.

Lloraba mucho cuando estaba a solas, casi no comía y avejentó considerablemente. Comenzó a acariciar la idea de entregarle la pequeña al padre. Cuando imaginaba el encuentro y la noticia que le daría, sentía renacer la ilusión dentro de ella. No podía imaginar cuál sería su reacción, pero insistiría, de todos modos.

Comenzó a visitar con más frecuencia el centro comercial, pero sola. Una idea la obsesionaba, encontrarlo. Meses más tarde sucedió. Esta vez él iba solo. Sarah pensó que podría mantenerse ecuánime, llegado el momento. Sin embargo, cuando lo tuvo de frente volvió a sentir las mismas ansias de aquella terrible noche. Inexplicablemente, él seguía ejerciendo un extraño poder sobre ella. Había algo particular, como un halo, que lo distinguía de los demás. Su mente se ofuscó cuando escuchó la voz grave y sensual. Intercambiaron saludos breves, unas pocas palabras sin mucho sentido. Lo suficiente para entrar en calor y salir del lugar juntos.

No sabría precisar cómo, pero al poco tiempo se encontraron en la cama de ella, gozando los placeres más primitivos y urgentes de la raza humana. Sarah pospuso el momento de decirle la verdad, para un poco más tarde, pero se quedó dormida. Cuando despertó, él se había marchado.

Incrédula, buscó en todas partes, con la vana esperanza de encontrar alguna nota. No encontró nada, ningún indicio que demostrara que alguien estuvo allí. Se preguntó si lo había soñado, pero su cuerpo desnudo y la humedad de la piel le confirmaron que había sido real.

Aunque desilusionada, tuvo que aceptar que lejos de sentirse utilizada, se sentía extrañamente complacida. El deseo, negado pero latente durante cuatro años, por fin se había cumplido.

Varios meses después Sarah se enteró que estaba embarazada nuevamente. Ya era tarde para practicarse un aborto, según la opinión del médico.

Pai Primo

por Juan Félix Algarín Carmona

Lloró con amargura, con dolor. Apenas veía, pero sus ojos tenían suficiente luz para percibir cómo los nietos cargábamos el ataúd con el cuerpo yerto de Mai Candó, su compañera de toda la vida. La amaba, y tal vez nunca se lo dijo. Ahí radicaba su mayor angustia. Hubiera querido salir corriendo. Montar su caballo, como en otros tiempos, clavarle las espuelas, volar sobre las piedras y las zanjas del camino. Preparar el estómago con una pinta de aceite de oliva, bajada de un solo trago, e irse a beber ron caña por tres días, sin virar para la casa... beber ron de la tierra, lágrima del monte como él lo llamaba, enardecido con la resina incandescente del tabonuco pa' que ayude a quemar la pena, pero ya no podía.

¿Cómo sacarse aquél dolor del pecho? ¿Cómo manejar aquella rabia? En los años mozos se iría a los caminos a ver si se encontraba otro rabioso que se quisiera batir con él en un duelo a machetazos. Por cualquier vaina, el motivo ahora era lo de menos. Amarrarse un tobillo al extremo de una soga y que el otro jíbaro hiciera lo mismo; entonces entrarse a machetazos hasta que la muerte o el agotamiento total los venciera. Pero ahora no podía ni sostenerse de pie. Sentado en su silla de ruedas, lloraba. Sabía que parte de su vida se iba con ella. Con aquella mujer que fue su cómplice, su esposa, la madre de sus hijas, la que le sobrellevó sus excesos de juventud. Lo vi llorar con tristeza, con sufrimiento, hasta que se murió de pena.

⁂

Primitivo Marín Carmona fue un espíritu indomable. Negro de ojos verdosos. Mediana estatura, corpulento. Recio de carácter. Buen amigo. Desprendido y hospitalario. Cortando caña se amputó los dedos anular y meñique de la mano izquierda. A los nietos siempre nos dijo que una buruquena se los había comido. Tenía una agudeza mental notable y una franqueza que lo hacían temible cuando hablaba. Como el día que conoció a don Ángel:

–Don Ángel, entre para que se coma un poco de bacalao con guineos verdes.

–Gracias don Primo, pero es que el guineo daña el pelo... –dijo don Ángel queriendo hacerse gracioso.

–Eso es cierto. Pero en su caso, no se apure que no se puede dañar lo que nunca ha sido bueno.

O como el día en que lo recluyeron para operarlo de la vista:

–Don Primo, ¿Usted come de todo? –preguntó entonces la nutricionista.

–De todo... menos cascos de coco y culos de botellas.

También es memorable el día en que mi hermano le presentó una novia:

–Abuelo, ella es mi novia.

–¿Otra más?

No le aguantó pendejadas a nadie, ni a capataces de la caña, ni a dueños de cafetales donde fue obrero. Prefirió vivir en el monte siendo propietario de su finca, que irse de agregado a otras, cerca de las zonas urbanas; o lo que fue peor, irse a vivir hacinado en los arrabales de Cantera y el Fanguito, como lo hicieron familiares suyos a los que visitaba con pesar.

Amó su pedazo de tierra, su finca, y la tierra nunca le falló. La trabajó con pasión, y ella siempre le devolvió el fruto de ese amor. Cuando la situación económica amenazaba con asfixiarlo recurría a los proyectos especiales: una carbonera o un alambique. Después de todo, allá arriba él era la ley, y eso lo convertía en un negro cimarrón aún en estos tiempos.

No puedo imaginármelo fuera de aquel contorno. De niños mi madre nos llevaba a visitarlos dos veces al mes, en sábados alternos. Nuestro padre nos dejaba a la orilla de la carretera en el barrio Quebrada Grande de Las Piedras. Allí tomábamos el camino que subía por el costado de la montaña hasta llegar al barrio Cubuy, sector Marines, a una altura de dos mil pies sobre el nivel del mar. El camino era de barro rojo. Con sólo una llovizna resbalaba como jabón. Sólo podía subirse a pie o a caballo. Desde abajo el camino a veces parecía una herida en la piel da la montaña; otras veces parecía una culebra serpenteando la ladera del monte. Dos horas nos tomaba llegar a la casa de los abuelos. Dos horas subiendo, resbalando, descansando en los recodos del camino para volver a subir, sudando, jadeando... Pero valía la pena. El amor de los abuelos hacia que valiera la pena.

La casa estaba hecha de palos del monte y zinc, montada en socos, con techo a dos aguas. El piso era de madera machihembrada. De noche, el frío hacía que el zinc de las paredes y el techo sudaran. Tenía dos habitaciones. La sala y el cuarto dormitorio. En la sala no había muebles, sólo un banco, un dujo y las hamacas enrolladas en las paredes listas para desplegarse en la noche. En el dormitorio había una cama de pilares y un viejo y misterioso baúl, en el que siempre imaginé que el abuelo guardaba doblones españoles. Nada más lejos de la realidad. La cocina era una estructura separada de la casa de similar construcción. Para pasar de la casa a la cocina había que brincar un trecho de dos pies de ancho y como cuatro o cinco pies de alto. En mi temprana niñez aquel brinco me asustaba. Era el último acto heroico requerido en aquella travesía antes de llegar a los brazos amorosos de la abuela, Candelaria Vega Alejandro, prototipo físico de una india taína: piel color bronce, estatura mediana, cabello lacio que siempre llevó largo hasta más abajo de la cintura. Encorvada por los años y temblorosa, tenía la humildad del verdadero cristiano y una paciencia que hasta Job envidiaría. Era profetiza en la iglesia pentecostal a la que asistía. El Espíritu Santo le hablaba al oído y ella transmitía su mensaje a la congregación. En los últimos años logró que Pai Primo la acompañara al templo, lo que para ella fue una gran victoria moral.

En aquella cocina no había estufa, se cocinaba en un fogón. Allí todo olía a leña quemada y todo estaba tiznado. Las paredes, las ollas, los calderos, la abuela y nosotros. Pero qué ricos manjares salían de aquel fogón. No importa lo que fuera, arroz con gandules y carne de cerdo, gandinga picante con viandas, o guanimes con leche de coco, dulce de grosellas, de lechosa o de naranja abrillantado con queso blanco del país. Todo era hecho por ella, y todo era exquisito.

Una ventana de dos hojas que abrían hacia afuera daba acceso al fregadero, que quedaba al aire libre. Desde aquella ventana, mientras se fregaba, se podía observar parte de Juncos,

Las Piedras, Naguabo, Yabucoa y Humacao. También podía observarse la punta oeste de Vieques y el azul añil del Mar Caribe extendiéndose hasta el horizonte.

Es cierto que la vida en el campo era dura, pero tenía una recompensa; vivirla con libertad. En eso ambos estuvieron de acuerdo. Fueron cómplices. Vivieron como quisieron, apegados al terruño, sin tener que darle pareceres a nadie.

Cuando ella murió aquel mundo se le vino abajo a Pai Primo. El ángel de la muerte no sólo se la llevó a ella, sino que con espada de fuego en mano le cohartó el paso al Edén en el que ambos vivieron. Quedaba todo, pero sin ella, él se sentía que quedaba nada. Enfermo, casi ciego, sin fuerza en las piernas y con una tristeza en el alma que era más grande que su alma misma no podía vivir. Sin ella no sabía vivir. Quiso hacer tantas cosas y no pudo, que se resignó por hacer la que sí podía. Lloró. Lloró de día y de noche. Sin comer, sin apenas dormir. Tampoco habló mucho, sólo lo necesario. Y como vivió murió, haciendo lo que le dio la gana. A los veintiocho días de Mai Candó morirse, a Pai Primo le dio la gana de irse con ella.

El letrero

por Luccía Reverón

Don Tulio quería comenzar un nuevo año distinto. Estaba cansado de llevar el crédito de los clientes en una libretita y decidió, esa mañana del 31 de diciembre, colocar en la tienda el letrero que hizo con un pedazo de madera de cedro. Lo había pintado con los colores rojo y verde, bajo un fondo blanco; alusivos a la temporada.

En una mano llevaba el letrero y en la otra, el martillo. Los clavos los echó en el bolsillo de la camisa y al caminar, sentía que estos le daban pequeñas punzaditas en el pecho. Abrió la puerta mientras sujetaba el pedazo de madera bajo el brazo. Tomó la soga que colgaba de un clavo que estaba en la pared y la amarró.

Desde el primer escalón sujetó el letrero con ambas manos y lo puso frente a sí. Esbozó una sonrisa. Adentro, miraba el lugar dónde debía colgarlo y se dijo para sí, "Es mejor colocarlo de lado, porque sé que los clientes siempre vienen con una sonrisa a coger fiao". Lo colocó en el banco de madera que estaba frente a la imagen de la Virgen de la Caridad del Cobre, luego sacó un clavo del bolsillo. Lo puso debajo del cuadro y lo penetró en la pared de un solo martillazo. Luego lo colgó. Se retiró un poco para ver cómo había quedado. Estaba inclinado hacia la derecha, pero no lo enderezó y lo leyó en voz alta haciendo énfasis a las palabras: HOY NO FIO, MAÑANA SÍ.

Caminó hasta el mostrador que daba de frente a la calle. Se frotó las manos, haló una silla, activó la radio y se sentó a ojear el periódico. Al rato, una mujer pasó a la distancia y le deseó un feliz año nuevo. Don Tulio levantó la mano en señal de saludo y mientras ella se alejaba, siguió con la mirada el vaivén del voluptuoso trasero. Estuvo allí en silencio, sin tararear la música navideña que impregnaba el aire.

Era ya mediodía cuando llegó Melquíades. Al subir el primer escalón, se quitó el sombrero. Entró con la cabeza baja y una mano metida en el bolsillo, buscando algunas monedas. Refunfuñaba. Estaba indignado por los impuestos sobre ventas que hacía poco se había establecido. Se quejaba porque un producto ya no le costaría noventa y nueve centavos como antes. Siempre que entraba a la tienda le hacía un pedido a la Virgen y al levantar la cabeza, de inmediato se percató del letrero. Don Tulio vio su reacción, lo miraba de reojo con una leve sonrisa pícara mientras escuchaba a Melquíades.

–Vaya, esto es lo que nos traerá el nuevo año, ¿ah? pero ese letrerito debería cambiarlo. Usted sabe que la gente en este barrio es pobre, y si nos fía, aunque tarde, sabe que siempre le pagaremos.

Don Tulio lo miró con cara despreocupada y rápido le respondió.

–Yo sé lo que hago...

La tienda era pequeña, pero estaba bien surtida. Tenía unos bancos de madera descolorida a cada extremo. Quienes se sentaban allí eran los hombres, que luego de meterse al bolsillo el cartoncito con la deuda apuntada, compartían allí con los vecinos del barrio tomando cervezas. Al final del mes, la mayoría iba a pagar, no importaba que en alguna ocasión don Tulio corriera el lápiz. Esto lo hago por si acaso alguno no me paga, o se muere sin pagarme, para no perderlo todo. Luego decía: me equivoqué. Los clientes ya lo conocían.

Melquíades le pidió una libra de pan y puso las monedas en el mostrador al mismo tiempo que le decía:

–Me lo comeré con café negro porque no tengo para comprar la leche. Usted sabe... todavía no he recibido el chequecito. No se preocupe, que le voy a pagar tan pronto lo reciba.

Melquíades cogió por una esquina la funda con el pan y se acercó nuevamente a la imagen de la Virgen. Se quedó contemplándola por unos breves minutos. Luego se volteó hacía don Tulio, quien lo contemplaba entristecido y se rascaba la cabeza escasa de cabellos. Melquíades lo miró fijamente a los ojos, apretó los labios, suspiró y se dirigió a la salida sin decir palabra.

–Espere, Melquíades.

–Sí.

–Hoy le puedo fiar la leche. La vigencia del letrero es a partir de mañana..

Melquíades sonrió. Se acercó al mostrador pensando que la breve oración que le hizo a la Virgen fue escuchada.

Ese día, don Tulio recibió la acostumbrada clientela que hacía fila para comprar, pero la mayor parte de la venta fue a crédito. A cada uno de sus clientes le señalaba la advertencia del letrero. Antes de salir se detuvo a recoger los envases de cervezas que los hombres habían dejado alrededor de los bancos, mientras cantaban aguinaldos, comentaban las resoluciones que tenían para el año nuevo y hacían bromas sobre el letrero.

–Ya sabes, Paco, creo que no nos encontraremos tan a menudo, aquí ya no se va a fiar más..

–Bueno, parte de mi resolución es ahorrar un poco, y como ya no se va a correr el lápiz.

Las ventas disminuyeron durante el primer mes. Durante las tardes ya casi no tenía que recoger latas vacías cerca de los bancos. Melquíades iba y compraba lo que podía. De vez en cuando aprovechaba para platicar un rato con don Tulio y lo aconsejaba. Un día le comentó:

–Ya no veo tantos clientes como antes. Es más, mire, aquí sólo estoy yo. Antes tenía que hacer fila.

Don Tulio lo miró pensativo, sabía que la gente del barrio era buena. Recordó que hacía dos días, una mujer fue con una niña a comprar algunas golosinas y él se las obsequió.

Esa tarde cuando se disponía a salir, sintió una sensación extraña y cuando se volteó, vio el letrero. Se le quedó mirando. Luego alzó un poco la mirada y contempló por varios segundos la imagen de la Virgen. Se acercó a ella con timidez. Limpió con los dedos el polvo en el cristal astillado. Bajó sus manos, las extendió y retiró el letrero. Al otro día, uno nuevo se desplegaba allí: "COMPRE HOY, PAGUE MAÑANA".

Caricias que matan

de Blancairis Miranda Merced

Al verla llorando, la acaricié. Fue entonces cuando encontré una garrapata en su cabeza.

La bañé y saqué la hinchada inquilina. Al día siguiente cuatro garrapatas caminaban sobre la caja de agua. Fumigué la entrada y boté la alfombra. Dos días más tarde, diez garrapatas se arrastraban por debajo de la puerta. Bañé a Fiona, le arranqué veinte parásitos, fumigué adentro, tiré la ropa que estaba cerca y me acosté de madrugada. En la mañana, las paredes de la cocina y el techo de la biblioteca estaban llenos de los ácaros. Bañé a mi perra, otra vez, le saqué cientocincuenta machos y cinco madres, fumigué, deseché mis libros, boté las ollas y salí a trabajar. Temí abrir la puerta al regresar en la tarde. Con horror vi cientos de los arácnidos marchando sobre la mesa, en las butacas, en mi cepillo de dientes y encima de las camas. Cubrían la cara de Fiona, sus patas, su pecho, entre cada dedo y dentro de las orejas. Era toda una llaga oscura de garrapatas.

Quemé la casa con Fiona adentro. Mi hijito lloraba al escuchar los alaridos de la perra. Acaricié al niño.

Fue entonces cuando encontré una garrapata en su cabeza.

El ascensor

por Isamarí Castrodad

Me detuve frente al ascensor. Consideré subir por las escaleras, eran sólo tres pisos, pero me decidí por el riesgo de la espera.

Apreté el botón y recorrí con la vista el inmenso pasillo. Otros dos estudiantes se detuvieron a mi lado, pero, luego de titubear por varios segundos, se marcharon incómodos con la dilación de un aparato que parecía tener sus días contados. Hacía calor. El corredor no tenía ventilación, el aire comenzaba a faltarme.

Sentí las gotas de sudor escurrirse sigilosas por las sienes y por la punta redonda de mi nariz. Mis párpados estaban húmedos, también mi barbilla y el pequeño huequito cóncavo sobre mi labio superior, justo donde debía estar el bigote que me depilo cada mes. Llevaba algunos minutos allí parada, temí que aquella caja arcaica se hubiera averiado.

Estaba impaciente. El calor se intensificaba. La pobre iluminación hacía que las paredes se vieran opacas y que el piso luciera un poco más desgastado de lo que realmente estaba. La sobriedad rayaba en abandono.

Estaba en un edificio de veintidós pisos con más de doscientos cincuenta cuartos de una residencia universitaria que me serviría de hospedaje durante mi año como estudiante de intercambio.

Dos avisos reinaban ante la falta de decorado. Una cartulina amarilla en la que alguien había escrito en letras azules: "No pegue los pies a la pared"; y una notificación del Departamento de Bomberos que advertía: "En caso de fuego utilice las escaleras". El pequeño cartel rojo con letras blancas estaba ubicado al lado del los botones del ascensor.

Consideré de nuevo las escaleras, pero justo cuando una nueva gota de sudor se aventuró atrevida por mi escote, abrieron de golpe las enormes puertas.

Apreté el botón del quinto piso y calculé con el segundero del reloj exactamente treinta y tres segundos para que cerraran aquellas enormes puertas de metal que mostraban signos evidentes de corrosión. Me sometí al suplicio para evadir los cuarenta y dos escalones a los que me hubiera enfrentado si me decidía por la otra opción.

Me dirigía a la habitación de Yolanda. Llevaba una grabadora pequeña que me había prestado para una entrevista de la clase de Historia del Arte y una guía de lugares históricos que había comprado en la farmacia. La iniciativa de solicitar al programa de intercambio fue de ella y durante las tardes solíamos encontrarnos en su cuarto, en el de Vanesa o en el mío, para ir juntas a comer y luego explorar algún colorido rincón de la ciudad. Habíamos agotado los recursos para que nos asignaran cuartos contiguos, pero lo más que logramos fueron tres pisos de diferencia; yo en el dos, Vanesa y ella en el cinco.

Escuché un ruido extraño, un chirrido agudo como el de metales mohosos rozando torpemente. Se encendió el número tres en el panel del ascensor y otra vez sentí el frío golpe de sus puertas abriendo. Sólo había subido un piso, pero ya sentía que llevaba toda la tarde en ese cajón desgastado y deprimente. No había nadie aguardando. En la distancia alcancé a ver un chico y le grité que lo esperaba, pero con ademanes me indicó que siguiera. Me resigné al recorrido interminable.

Abrí al azar la guía de lugares históricos y descubrí una llamativa foto de un aviario. Marqué la página con cuidado, un leve doblez en el extremo superior derecho. A Vanesa le encantará visitarlo. Desde que llegó dice que si el reglamento del hospedaje lo permitiera ella tendría un pajarito en su cuarto. Yolanda insiste en que ante las deplorables condiciones físicas de la estructura, el pajarito saldría volando o moriría de pena. Temo que tiene razón. Las mustias habitaciones asemejan diminutas guaridas húmedas y opacas. En la mía, una solitaria cama, alineada la cabecera contra la pared de fondo, es la protagonista del espacio. Del viejo y deformado colchón parecen saltar unas desagradables manchas amarillentas producto del tiempo y los malos tratos.

La única ventana del cuarto permanece cerrada porque su manivela oxidada se ha rebelado contra la movilidad y un rústico escritorio de madera, ubicado al pie de ésta, exhibe una infinidad de nombres tallados por sus anteriores usuarios. Resta el espacio justo para una silla coja que complementa el escritorio y un ropero discreto cuyo olor a tiempos pasados se impregna en la ropa sin que detergente alguno logre opacarlo. El papel decorativo, que alguien intentó arrancar sin éxito de las paredes, está raído y su desgaste completa el patético panorama de abandono y melancolía. El deprimente estado del hospedaje ha propiciado que procuremos permanecer allí el menor tiempo posible.

El panel encendía la luz del número cuatro. El ascensor no se detuvo, su marcha continuaba hacia mi destino. El zumbido del extractor de aire cesó de repente. Sentí una leve sacudida. Volví a sudar. Me sujeté del pasamanos, esperé con ansiedad que el panel marcara el número cinco y entonces se repitió aquel chirrido de metales rozando, pero esta vez con mayor intensidad. La alarma del edificio comenzó a sonar. La sacudida se sintió más fuerte. Por fin las puertas del ascensor se abrieron, pero para mi sorpresa, había una pared de frente. Estaba entre dos pisos sin posibilidad de salir. La alarma sonaba con insistencia. El sudor se hacía más evidente.

Desesperada, oprimí todos los botones, incluyendo el de cerrar y el de emergencia. Cuando las puertas chocaron una contra la otra, me percaté de que aquella caja de metal no se movía. Escuché voces y pensé que venían a socorrerme. Sin embargo, nadie se acercaba, los sentía correr y gritar frases que no lograba entender porque la maldita alarma no cesaba. Ataqué a golpes el tablero tratando en vano de provocar algún movimiento. Pegué una oreja lo más que pude a la finísima abertura en la que se unen los extremos de las puertas y un grito de fuego traspasó la pared como un fantasma. Me estremecí. Mi camisa estaba ya empapada de sudor. Me faltaba el aire. Traté de pedir auxilio, pero mi voz se opacaba con los ruidos: los pasos, la gente, la alarma, el pito de emergencia del ascensor, el grito de fuego, mis latidos acelerados. Me desplomé.

Desperté aturdida. Desconocía cuánto tiempo había transcurrido. Busqué el panel de números para saber si había llegado por fin al piso cinco, pero en su lugar encontré una lamparita de luz tenue centellante y azulosa. Me dolía todo el cuerpo. Ya no sonaba la alarma, reinaba el silencio. Hacía frío. Vi que se acercaba Yolanda, así que busqué la grabadora que tenía que devolverle, pero no la encontré. Le pedí excusas, probablemente se me cayó en el pasillo, ya aparecerá. No me contestó. Sonó su teléfono celular. La escuché hablando de mí, pero no alcanzaba a entenderla del todo. Decía algo sobre mi desmayo. Traté de volver a hablarle, pero no pude. Entonces sus palabras tomaron fuerza y me llegaron directas, como dardos se me enterraron filosas letra a letra. Tanto, que todavía retumban alucinantes. Retumban como aquel chirrido agudo de metales mohosos rozando torpemente.

–Si hubiera subido por las escaleras –decía con rabia –eran sólo tres pisos.

Además, ella lo sabía, ya había presentido que aquella máquina aterradora cualquier día se la iba a tragar.

ACERTIJO

por Shara Lávender

¡Shhh!... Escuché tras la ventana de mi habitación. ¡Shhh! Volví a escucharlo. Pensé que era la vieja radio de la abuela, pero no. Venía del otro lado, de la verja del vecino. ¿Me estaría escuchando? Abrí la ventana y asomé lo que la cabezota me dejó ver, y allí estaba:

A) Un horrendo traje de hombre que colgaba de un sombrero, sin carne humana en su interior.

B) Mi mamá brincando la verja de la casa del vecino antes de que mi papá la viera saltar como rana.

C) El chico lindo que me gusta de la escuela, el de las pequitas en la cara.

D) Un payaso vestido de rosa y azul, agarrando una gran paleta y muchos globos de colores.

Recuerdo que yo, rápidamente:

A) Abrí los ojos y el corazón dio un salto tenebroso. Los globos blancos de mis ojos se salían de su órbita, como si ya no quisieran habitar en sus cuencas. La ropa flotaba, un brazo del chaquetón se encogió para sostener un periódico amarillo. Quise gritar, pero la voz no me salió. El hombre invisible se coló dentro de mi habitación y dentro de mi vida, desde ese día lo escucho en las noches tras la ventana y permanece en todas partes en secreto.

B) Corrí a la ventana de la terraza, quería estar más cerca de la acción. De pronto, ella se enredó con las chancletas, precisamente en unas enredaderas, y cayó de boca en la plasta de mierda que había dejado Buba. Papá no estaba, pero luego se enteró del suceso por boca de media vecindad.

C) Le hice señas para que esperara y verifiqué la ubicación de mis padres, estaban en su habitación. Luego Pedro en la mía. Yo en su pecho y él en mi vagina. Ya extrañaba sentirlo venir.

D) Llamé a mi mamá y juntas salimos al jardín. Jugamos con el payaso Mota hasta que cayó la noche. Y nos fuimos a dormir con el corazón lleno de alegría.

***Nota importante: Si parea las letras iguales para completar su cuento, el relato adquiere cierta cordura.*

El anillo

por Héctor Morales Rosado

Es ella, sí, ella es la esposa.

Varios de los empleados, arremolinados frente al edificio, anunciaban, a viva voz, la llegada de Regina Alcántara.

Lucía impecable. Algunos comentaron que parecía que se dirigía a un espectáculo de gala. Damián Pascual, que parecía dar muestra de desesperación, intentó acercársele; la buscó con los ojos, pero ella evadió su mirada y aceleró el paso adelantándosele al detective que la escoltaba. El agente Quijano captó de inmediato el desaire de Regina hacia Damián, pero optó por no comentar.

–Sargento, ella es la señora Alcántara. Déjela pasar –ordenó el detective Quijano.

Regina entró a la oficina. Hacía tiempo que no la visitaba. Fue allí en donde se enamoró de Janus Alcántara. Era mi primer trabajo, recién llegada de la hacienda de Adjuntas. No hice más que verle a los ojos y quedé patidifusa, me deslumbré por su mirada que desnudaba el alma, su manera de hombre cosmopolita; y la oficina, fabulosa y alucinante, que siempre me pareció más un ostentoso penthouse del Condado que una oficina ejecutiva de bienes raíces, ahora la veo diferente, más sobria, aunque el sofá de cuero, en donde nos dimos el primer beso, permanece en la misma esquina, cualquiera diría que fue hace siglos.

–Por aquí señora Alcántara; sucedió en el área de reuniones.

Quijano la tomó del brazo para guiarla. Regina salió de su marasmo momentáneo y se dejó llevar, aunque conocía a perfección a donde se dirigía.

La sala de reuniones se encontraba acordonada con las cintas amarillas de rigor. Varios peritos de la policía continuaban inmersos en la recolección de evidencia. Regina, de inmediato, captó el olor punzante de sangre coagulada; sintió que sus extremidades se le ablandaban. Se sostuvo con fuerza del brazo de Quijano, aspiró hondo y exhaló lentamente; entonces continuó su camino, procurando no perder la compostura. Paró en seco cuando vio los cuerpos. Janus estaba irreconocible. La bala que debió salir por la parte trasera del cráneo, se desvió y le destrozó parte de la cara. Al lado de Janus, en un negrusco charco de sangre seca, yacía Dalia con sus ojos verdes aún abiertos y un agujero morado en la frente. Regina la observó con detenimiento y de repente creyó verla parpadear. De inmediato desvió la mirada de aquellos ojos sin vida que parecían querer hablar; pensó que ahora no es el tiempo de alucinar y la única realidad es que ésta no le quita el marido a más nadie. Volvió a mirar a su esposo, tirado en el piso en posición fetal. Todavía sujetaba la pistola con la mano derecha. Regina notó que la mano izquierda de Janus tocaba con sutileza los dedos de Dalia; aún en la muerte, parecía que la acariciaba. Al mirar la mano vi que algo faltaba, ¿y el anillo? no puede ser, Janus nunca se lo quitaba. No le importaba que sus amantes lo vieran con el anillo de casado, me imagino que esa era su manera de retar al mundo, otra manera de humillarme. La mirada de Regina quedó fija en el círculo pálido que sobresalía del dedo anular de la mano bronceada de Janus.

Entonces, miró inquisitivamente al detective Quijano; éste, que se sentía incómodo por la actitud de frialdad de la mujer, presumió que era una petición tácita para retirarse del lugar.

–Señora, vamos a una de las oficinas para hablar más tranquilos –le solicitó el detective.

Ella accedió, sin mostrar debilidad o emoción alguna. El detective Quijano continuó:

–Ya que usted ha insistido en venir hasta acá y luce calmada, quizás podría ayudar a esclarecer este caso. ¿Estaría en disposición de contestar algunas preguntas?

–No tengo ninguna objeción, detective –contestó secamente Regina. Quijano, se desdobló plenamente en su rol de interrogador oficialista, encendió una pequeña grabadora y con una voz más grave y formal preguntó:

–En días recientes, ¿notó alguna conducta extraña en su esposo?

–En lo absoluto. No es ningún secreto que mi esposo no dormía en el apartamento. Regina contestó con tranquilidad, con un aplomo desconcertante. Entonces continuó:

–Por lo general pasaba las noches en la casa de playa en Rincón. Nuestro matrimonio estaba en la etapa de la conveniencia; en ese aspecto, ambos éramos personas prácticas, y hablando de cosas prácticas, ¿podría pedirle algo, detective?

Quijano, sorprendido por la pregunta, sólo se le ocurrió decir por supuesto, señora.

–Cuéntemelo todo, quiero saber cada detalle.

Regina por primera vez se vio ansiosa.

Quijano tragó gordo, y comenzó a relatar la cadena de eventos que culminó en la doble muerte: "Su esposo, justo a las 4:00 de la tarde, convocó una reunión de emergencia del grupo gerencial. Tan pronto los siete ejecutivos se acomodaron en sus asientos, el señor Alcántara, sin mediar palabra y con una sonrisa, que les pareció como cínica a varios testigos, extrajo de su maletín una pistola. En un solo movimiento y sin titubeos, se tornó hacia la Sra. Dalia Salomé, que, como de costumbre estaba sentada a su lado, y le disparó en la frente. De inmediato, se colocó el arma en la boca y haló el gatillo. El señor Alcántara se desplomó cerca del cuerpo de la mujer que acababa de asesinar. Sólo uno de los presentes, el señor Damián Pascual, proveyó alguna información, muy esquemática, sobre la posibilidad de que entre su esposo y la señora Salomé pudiera existir una relación sentimental, y dicho sea de paso, me pareció ver al señor Pascual en la entrada del edificio. Me dio la impresión que deseaba decirle algo.

–El señor Damián Pascual, a quien conozco muy someramente, tiene reputación de ser un especulador sobre las vidas íntimas de los demás.

–¿Un chismoso? –preguntó retóricamente Quijano.

–Es una manera de decirlo –contestó Regina, en una actitud que Quijano percibió como altanera.

–Sin embargo, todos me han dicho que don Pascual era el hombre de confianza de su esposo.

–Mi esposo y yo veíamos el mundo gerencial de manera distinta. En ese aspecto, él era un pragmático y yo, una idealista. Esa fue una de las razones que me movieron a desvincularme de la empresa, me imagino que Janus tendría sus razones particulares para confiar en Damián.

–Y con relación a la señora Salomé.

Regina interrumpió de manera abrupta al detective:

–No tengo nada que decir de ella. Como ya le dije, el chisme no es mi fuerte.

Quijano decidió terminar el improvisado interrogatorio.

–Bueno, señora Alcántara, si no tiene más información podemos concluir la entrevista.

–Hay algo que me preocupa, detective: el anillo de bodas de mi marido.

⁂

Regina llegó al apartamento drenada. No era de pena, tampoco de coraje, era de un cansancio del alma más que del cuerpo. Lo único que la mantenía en pie era una curiosidad, casi morbosa, por conocer el paradero del anillo que ella le regaló a Janus el día en que se casaron. Originalmente, la prenda de platino labrado con motivos arabescos, había pertenecido a su bisabuelo, un acaudalado agricultor, que lo había ganado en una jugada de gallos en Loíza Aldea a un comerciante libanés. Luego, su abuelo, y más tarde su padre, heredaron el anillo. Todos ellos tuvieron matrimonios prolongados y felices. Regina pensó que una tradición como esa le traería suerte en la unión con Janus. Nada más lejos de la verdad. Mi luna de miel en París, el mes más maravilloso de nuestras vidas, pero qué rápido cambió todo, no hicimos más que llegar y Janus salió con que no quería hijos, al tiempo comenzó a despreciar a mi familia, luego con sus descaradas infidelidades, entonces se convirtió en un narcisista incontenible, y yo le aguanté todo; fue el precio que pagué para pertenecer a la alta sociedad sanjuanera, por tener el prestigio, poder; cómo me envidiaban, el mundo era mío, menos una cosa, el amor de Janus. Primero, indiferencia; luego, humillaciones en público y al final, los golpes, las quemadas de cigarrillos en la piel, las degradaciones, eso era lo único que lo satisfacía cuando hacíamos el amor, ¡ja! y que el amor. Entonces, lo odié de manera visceral, y el también me odió, sin embargo, a pesar de no soportarnos, él jamás se quitó el anillo. Nunca pude entenderlo. Quizás sólo era parte de su personalidad sádica; o quizás, el anillo, era nuestro único vínculo y sin ambos saberlo, simbolizaba lo único lindo que tuvimos en nuestras vidas: París, o como leía la inscripción grabada en el interior del anillo: Juntos para siempre.

Era en la casa de sus padres, en un campo de Guaynabo; la niñita Regina corría, despreocupadamente, en la oscuridad, entre la maleza. De pronto, una luciérnaga se le cruzó al frente en un vuelo errático. Regina la persiguió con el afán de niña curiosa. Tengo que atrapar su luz, la quiero entre mis manos. En una desmandada carrera, la niña Regina, logró capturar la luciérnaga, acocando sus menudas manos para no dañar a la noctiluca. Comenzó a abrir sus manitas lentamente y notó que la luz se tornaba más brillante. Encontró un frasco entre las yerbas en donde metió al gusanillo volador. Para su sorpresa, vio que la supuesta luciérnaga en realidad era un ninfa diminuta. Estupefacta, observó como la fantástica criatura le hacía señas para que se acercara. Parecía querer hablar. La niña Regina acercó su oído al frasco y claramente oyó una voz, que asemejaba venir más de ultratumba que de la ninfa encantada: El anillo está en la mano de su verdadero amor. Cuando la niña miró la cara del mítico ser, el rostro, ya sin luz, era igual al de Dalia Salomé, con sus enormes ojos verdes abiertos y una perforación en medio de la frente.

Regina despertó, ya estaba sentada; sudaba y temblaba sin control. El anillo, ¿en la mano de su verdadero amor? Aquellas palabras del mundo de los sueños le calaban el alma: las tomó como proféticas. No durmió el resto de la noche.

Los ojos sin vida de Dalia en el salón de reuniones y la cara de la ninfa de su sueño, la perturbaron todo el día. Llamaré al detective Quijano para que verifique cuidadosamente el cuerpo de Dalia Salomé: ese anillo tiene que aparecer.

No hubo piedra que Quijano dejara por levantar. Buscó en las oficinas del edificio, en los depósitos de basura, las tuberías, los techos acústicos, el apartamento de la playa de Rincón, la flota de vehículos, las cajas de seguridad bancarias y hasta dentro de cuanto orificio existía en los cuerpos de los occisos, especialmente el de Dalia. Pero el dichoso anillo no aparecía. Varios testigos aseguraron que Janus lo llevaba puesto ese día. El empresario tenía la costumbre de jugar con el anillo en su dedo mientras hablaba. Era una especie de manía nerviosa y los más allegados a él siempre lo notaban.

A pesar de que la experiencia e intuición policíaca de Quijano lo inclinaron a darle algún crédito a las sospechas oníricas de Regina, su sentido común y los jefes del precinto, lo hicieron darse por vencido; pensó, carajo, esto es sencillamente un caso más del hombre enamorado que mata a la amante y luego se suicida, lo he visto tantas veces, es obvio, el hombre era un mujeriego empedernido; ella, una mujer casada con esqueletos en el closet. Ninguna de las parejas de ellos estaba dispuesta a conceder el divorcio, y ante la perspectiva de un amor imposible, Alcántara o ambos en común concierto, tomaron la trágica decisión. En cuanto al anillo, se lo habrá llevado El Golem... caso cerrado. Quijano por fin pudo dormir en paz.

A un poco más de tres semanas de la muerte de Janus y Dalia Salomé, Regina recibió, a través de correo certificado y entregado a mano, un sobre manila dirigido a ella, pero sin remitente. El cartero le informó que la compañía de correo tenía el sobre desde hacía casi un mes; y lo que sí nos pareció extraño fue que la persona que lo envió, que no quiso identificarse, impartió instrucciones específicas para que se entregara en tres semanas, o sea, hoy.

Ese mismo día, Damián Pascual, recibía un sobre similar al que le había llegado a Regina. Como si estuvieran conectados, a pesar de estar varias millas separados, ambos, casi al unísono abrieron el sobre. En el interior había una carta y dos sobres sellados más pequeños. La carta leía:

Asociación Nacional de Corredores de Bienes Raíces, periódico El Día, Departamento de Noticias de los canales televisivos del país, Revistas de farándula y otros medios de comunicación:

Estimados señores/as:

Adjunto fotos y una grabación en disco de video que prueba, fuera de toda duda razonable, la doble vida del Presidente de Caribbean Realtors y Asoc., el Sr. Janus Alcántara Febus.

Por años, el Sr. Alcántara no sólo a mantenido relaciones impropias con varias de sus empleadas, sino que también sostiene, en la actualidad, una relación íntima con el Sr. Damián Pascual Cruz, segundo vicepresidente y socio de la compañía perteneciente al Sr. Alcántara.

Regina suspendió la lectura y se dejó caer con abandono en el diván de la sala de estar. Quiso destruir la carta, pero algo en su interior la impulsó a continuar con la tortuosa lectura.

Como es de conocimiento público, tanto el Sr. Alcántara como el Sr. Pascual están casados con prominentes damas de la capital. Específicamente, la esposa del Sr. Alcántara, Regina, preside el club de las Damas Cívicas. El Sr. Pascual tiene tres hijos, es miembro activo de la Liga Contra los Grupos Gay-Lésbicos del país y su esposa, Raquel, es una destacada industrial.

La razón de esta carta es denunciar la conducta hipócrita, licenciosa y aberrada de estos dos supuestos pilares de la sociedad.

Espero que la gente decente tome acción para corregir semejante inmoralidad.

Un ciudadano indignado

Regina formó un lío de papel con la carta y lo arrojó con rabia contra la pared. Ojeó las fotos. Con futilidad trató de contener el llanto al ver el retrato de Janus besando apasionadamente a otro hombre, en su oficina, en el sofá de la esquina. El video fue mucho más explícito. ¡Maldito asqueroso!, gritó con desaforo.

Regina machacó en pedazos el disco de video, rescató de detrás del bufet el pequeño lío de papel, y metió ambos residuos dentro del mismo sobre manila en que llegaron; caminó hacia la cocina, puso el sobre en una sartén, encendió un fósforo y permaneció allí, inmutable, observándolo convertirse en una amalgama de pasta quemada y cenizas. Seguido, sirvió vino en una copa de cristal Murano y con un andar pausado llegó hasta el baño; del botiquín tomó un puñado de pastillas, se las echó en la boca y las tragó todas de un tirón, acompañándolas con el delicioso Claret. Se recostó en el diván, cerró los ojos, y lentamente fue desvaneciéndose, junto con el recuerdo del anillo de su bisabuelo.

Damián, en el despacho de su casa en Dorado del Mar, había desplegado todas las fotos a lo largo de su escritorio, mientras se recreaba viendo el video, con detenimiento y nostalgia, en el que Janus y él hacían el amor de manera brusca; tal y como les gustaba a ambos. Ocasionalmente desviaba la mirada, para repasar una y otra vez la carta anónima. Pobre Dalia, comentó en voz alta, y que darle tres semanas a Janus para que le comprara su silencio, qué ilusa, nunca se imaginó que Janus no le daría ni una hora; él prefirió acabar con todo antes de sucumbir al chantaje de esa infeliz, ¡qué hombre! Rió a carcajadas, abrió una de las gavetas del escritorio, tomó el revólver y se lo colocó en el pecho. Contempló el dedo anular de su mano izquierda y se deleitó, por última vez, con la belleza de aquel anillo centenario que en el interior tenía grabado "Juntos para siempre".

Odas para el fin

por Andrés O'Neill

Los gritos de la furiosa música pesada que iba escuchando eran tan espeluznantes como los silenciosos alaridos de tormento que vomitaba su alma. Estrangulando el guía, cantaba como un demente las letras de las canciones rabiosas que muy cuidadosamente había escogido para esa ocasión especial, una selección que tituló "Odas para el fin". Miró el velocímetro y la aguja rozaba las cien millas por hora. Subió aún más el volumen y la letra le fluyó del corazón: "Voy muy rápido y me voy a estrellar, a estrellar, a estrellar". Era la canción "Crash" de Papa Roach.

El lugar lo había escogido una semana antes cuando regresaba a San Juan desde Ponce, uno de los lugares que más le encantaba visitar. Después de subir la cuesta del Albergue Olímpico, vio detrás del carril de emergencia, un corto tramo sin valla. Era precisamente en uno de los riscos más profundos en toda la autopista.

Le gustaba tanto Ponce que en esa noche final decidió ir hasta allá para ver la ciudad por última vez. Pudo haber virado mucho antes y manejar directo hacia el hueco. Pero no. Quería llegar a Ponce.

"Parece que la vida se me va apagando,
A la deriva cada día,

Perdido dentro de mí.
Nada ni nadie importan,
Ya no hay nada más para mí.
Necesito el fin para ser libre".

"Fade to Black" de Metallica sonaba por las bocinas. Tan alto estaba el volumen, que notó que los retrovisores vibraban. Por esos mismos espejos vio a la distancia los diminutos focos delanteros de los vehículos a los que apenas segundos antes, les había acabado de pasar. Iba a 125, todavía apretando el guía y cantando con furia, sacudiendo su cabeza hacia el frente y hacia atrás, al ritmo de la música. A ciento veinticinco millas por hora, cada segundo atravesaba el largo de dos canchas de básketbol. Continuaba la misma canción:

"Me llena un gran vacío
Y las cosas ya no son como eran antes"

Para Abel, las cosas de antes habían sido muy placenteras. Por ser hijo único de unos padres muy buenos, recibió mucho amor aún desde antes de su concepción. Su papá le contaba que en su juventud, antes aún de conocer a su esposa, le rezaba a Dios y le daba gracias por el hijo que algún día tendría.

–Papi y mami te amamos, Abelito, aún desde antes de que existieras –le decía su papá innumerables veces a lo largo de su niñez. Para el pequeño Abel, sus padres eran lo más grande en su vida.

Cuando ese recuerdo llegó a la mente de Abel le entró una cólera infernal. De la rabia, hundió con fuerza el pedal de embrague, bajó la transmisión a quinta y presionó firmemente el pedal derecho. Con los tres movimientos casi simultáneos, el motor rugió y su Corvette dio un salto violento hacia el frente que empujó la cabeza de Abel hacia atrás. Una gran fuerza, como de una gigantesca mano invisible prácticamente adhería su espalda a la butaca. Ciento treinta. Ciento treinta y cinco. La música a todo volumen. Ciento cuarenta. Abel triturando el guía con las manos. Con las revoluciones del motor en aumento, hace el mismo movimiento de pies y regresa al sexto cambio. Otro salto del carro hacia el frente. Otro de la cabeza y espalda hacia atrás. Ciento cincuenta millas por hora. En unos segundos más, las ciento cincuenta y cinco y ya las líneas divisorias entrecortadas sobre el pavimento se habían convertido en una sola. Los postes de alumbrado eran celajes continuos casi invisibles. La recta parecía interminable. Le pasó a un camión y en un instante se tornó pequeño en los retrovisores. El cantante gritando, Abel gritando con él. Las guitarras y la batería tan rápidas como el carro mismo. Ciento sesenta.

Al paso que iba, Abel pudo en pocos segundos más, haber alcanzado el tope de velocidad de su Corvette: 198 millas. Sus ojos, ya acostumbrados a la velocidad, vieron que más adelante la recta se convertía en curva. Presionó el freno y bajó la velocidad. Ciento cuarenta. Ciento veinte. Cien. Noventa y tomó la curva bien pegado del lado de adentro a escasos centímetros de la valla de concreto. Salió de la curva, bajó la transmisión a cuarta, y de inmediato estaba nuevamente en cien. Ciento diez, ciento quince. En un momento, ya veía un área iluminada que se le iba acercando rápidamente. Era la estación de peaje de Ponce. Su pie izquierdo comenzó a presionar el freno.

Abel se salió del expreso y manejó directo hacia el centro de la ciudad. Una vez allí, estacionó en la esquina que precede el

Parque de Bombas. Observó toda la plaza, que con la excepción de los deambulantes que dormían en los bancos, estaba desierta. Miró el reloj del edificio colonial del antiguo Ponce Federal y marcaba las 2:47 de la mañana.

Apagó el radio y el carro. Quería observar la plaza por última vez en silencio. Regresaron los recuerdos. Vio las muchas veces a lo largo de su niñez que sus padres lo llevaron a esa plaza. Vio la caída que se dio del velocípedo nuevo que recibió en su quinta Navidad. El recuerdo le trajo una leve sonrisa. Se vio a sí mismo de nueve años montado con su papá en el viejo camión Ford Modelo T del Parque de Bombas mientras su mamá le tomaba fotos con aquella camarita Kodak barata con flash de cubo. Recordó también las muchas veces que cruzaron la calle para comprar helados frente a la plaza y la vez que el helado de guayaba, vencido por el asesino calor sureño, se desprendiera de la barquilla y cayera sobre la camisa amarilla con el carrito antiguo que su abu Yaya le había regalado de cumpleaños.

Esos recuerdos aplacaron la ira que había en su alma. Pero sólo por un momento. Observando una vez más el Parque de Bombas, miró un poco más hacia atrás y vio la cúpula de la iglesia. Al verla, se transformó como un endemoniado y sintió cómo el odio se apoderó de su cuerpo.

–¡Puñeta! ¡Cabrón! ¡Hijo de puta! –comenzó a gritar y llorar mientras le daba puños al panel de instrumentos. Algunos botones se desprendieron. Continuó gritando maldiciones y comenzó a estrellar su cabeza contra el guía.

A pesar del dolor que esto le causaba en sus manos y su cara, podía sentir muy claramente en su cuello la saliva pegajosa del padre Gregorio. Tan sólo tenía diez años cuando el cura español de la iglesia de su vecindario en Bayamón se desvistió frente a él. Quería, según le explicó, mostrarle cómo los sacerdotes le transmiten el gran amor de las alturas a los monaguillos escogidos. El niño rehusó.

–Abel, tu ropa y la mía son símbolos del pecado –le decía el religioso mientras lo miraba con lujuria– Dios nos creó desnudos y así es como único te puedo manifestar mi más puro amor por ti.

Abel casi lloraba cuando el padre Gregorio se le acercó. Casi salivándose, comenzó a desvestirlo mientras le lamía el cuello. El cura continuó a pesar de los sollozos del niño.

Por tres años Abel soportó el martirio de recibir el amor de las alturas hasta que tuvo el valor de decírselo a sus padres. Abel sabía que su papá lo defendería y pondría fin a la situación. Pero las autoridades a las que acudió su padre se encargaron más bien de encubrir las acciones del cura.

–Pero, señores Valle –le dijo a los padres de Abel el abogado que había viajado a la Isla para atender la situación– la Iglesia está siendo muy generosa con ustedes. Con lo que les estamos ofreciendo podrán darle lo mejor a Abel. Podrán brindarle cosas que de lo contrario, –y mientras decía esto, miraba con obvia deferencia a la humilde decoración de la casa– ustedes nunca podrán darle.

–Y además –añadió solemnemente el obispo que le acompañaba–, piensen en el daño que le evitarán a nuestra Santa Madre Iglesia. ¿De qué servirá llevar este suceso a luz pública? Para lo único que se prestará es para crear otros malos entendidos. ¿Y de qué bien le servirá un escándalo así a nuestra santa institución? Piensen en San Pedro y cómo fundar nuestra Madre Iglesia eventualmente le costó la vida. Un escándalo podría invalidar su gran sacrificio de mártir.

Feligreses muy dedicados al fin, esto último trabajó mucho en la mente de los padres de Abel. El abogado lo percató y con ello le llegó su turno.

–Si aceptan –dijo extendiéndole un sobre abultado al papá de Abel–, no sólo estarán salvando a la Iglesia, sino que le estarán haciendo un gran bien a su niño. Además, cumpliremos nuestra parte de trasladar al padre Gregorio a otra parroquia.

Abel, escondido, mirando desde afuera por una ventana, vio cuando su papá tomó el sobre.

El recuerdo de la escena encendió aún más su cólera.

–¡Esto se tiene que acabar hoy! –gritó, apretando los dientes, mientras un grueso hilo de mocos y sangre colgaba de su nariz. Inmediatamente encendió el carro y arrancó con violencia por las estrechas calles del centro de la ciudad en ruta hacia la autopista.

Ahora iba más furioso, moviendo la palanca con fuerza y acelerando cada vez más. Sólo bajó al límite legal cuando se percató de una patrulla. No quería que nadie viniera a interrumpirlo y total, si le daban la señal de alto, no haría caso; tendrían que perseguirlo hasta el final. Pero la patrulla tomó una salida y de inmediato Abel volvió a repetir la misma rutina: embrague, bajar cambio, hundir el acelerador, rugido del motor, salto hacia el frente y cabeza y espalda hacia atrás, el radio a todo volumen.

Subiendo hacia Cayey con la canción "Auf Wiedersehen" ("Adiós" en alemán) de Cheap Trick, Abel en su momento más demente de toda la noche, iba cantando a gritos.

"Hay muchos aquí entre nosotros
Que sienten que la vida es un chiste cruel

Y para ustedes cantamos esta canción final
Para ustedes no hay esperanza ¡No!

Las luces del Corvette, que iba a unas 110 millas por hora, alumbraron hacia el hueco que Abel había encontrado la semana antes. Abel aceleró aún más. Y mientras lo pasaba y comenzaba a volar, gritó el final de la canción:

Bye bye!
So long!
Farewell!
Bye bye!
So long!
Sayonara!
Bye bye!
Au revoir!
Auf wiedersehen!
Hari kiri!
Kamikaze!
Suicide!
Suicide!
Suicide!

JUAN FÉLIX ALGARÍN CARMONA (Las Piedras, Puerto Rico). Es Productor y director cinematográfico de corto metrajes publicitarios y documentales. Es corredor de bienes raíces y desa-rrollador de vivienda, especializado en vivienda de interés social. Posee un Bachillerato en Comunicación Pública de la Universidad del Sagrado Corazón en Santurce, Puerto Rico donde es estudiante del Programa de Maestría en Creación Literaria. Cuentero de toda la vida, ahora pretende ser cuentista.

ISAMARI CASTRODAD GARCÍA (Caguas, Puerto Rico) Posee bachillerato *Magna Cum Laude* en Comunicación Pública, de la Universidad de Puerto Rico en Río Piedras y está próxima a culminar su maestría en Creación Literaria en la Universidad del Sagrado Corazón. Se ha desempeñado como periodista, productora y moderadora de programas de radio y televisión. En la actualidad se desempeña como Vicepresidenta de Mercadeo y Comunicaciones Corporativas de *Pueblo*. Además, publica columnas de opinión en el periódico El Nuevo Día y produce para Telero (Canal 13) el programa *"Hijos de 0 a 20"*, en el que discute temas sobre el desarrollo y la crianza de los hijos.

SHARA FERMÍN LÁVENDER (Estados Unidos, 1981). Creció en Santurce, Puerto Rico, junto a su abuela paterna. Posee bachillerato en Periodismo, de la Universidad del Sagrado Corazón y continúa estudios graduados en la misma institución, en el Programa de Maestría en Creación Literaria. Actualmente, es editora de una revista especializada en café y trabaja como maestra de comunicaciones en el sistema de educación privada del País. Además, publica artículos sobre agricultura y literatura. Ha participado en la producción de programas radiales y fue directora de noticias en una agencia local.

BLANCAIRIS MIRANDA-MERCED (Santurce, Puerto Rico). Obtuvo su grado de Bachiller en Artes y Educación en la Universidad de Puerto Rico y el de Maestría en Administración Comercial. Actualmente trabaja en su tesis de Maestría en Creación Literaria de la Universidad del Sagrado Corazón. Sus cuentos "Caricias que matan" y "La canción de Tiniebla" han sido reconocidos con menciones honoríficas, en elTercer Campeonato Mundial del Cuento Corto Oral, auspiciado por el Programa de Maestría del USC, y en el Cuarto Certamen Literario de Cuentos Pepe Fuera de Borda, realizado en Buenos Aires, Argentina, respectivamente.

HÉCTOR MORALES ROSADO (Santurce, Puerto Rico, 1947). Tiene un bachillerato en Ciencias Sociales con concentración en Política de la Universidad de Puerto Rico. Más tarde, obtiene la Maestría en Administración Pública. Trabajó como servidor público en el sector gubernamental, en donde alcanza niveles gerenciales. Se retira por mérito en el Servicio en el 2006, cuando comienza estudios de Maestría en Creación Literaria en la Universidad de el Sagrado Corazón, la cual está a punto de completar. Allí, junto a otros compañeros, crea el grupo literario *Vivir del cuento.* Héctor tiene como misión promover el arte de escribir y evidenciar que la edad, no importa cuán avanzada, no es obstáculo para uno convertirse en palabrista de oficio.

Sandra Santana Segarra (Río Piedras, Puerto Rico). Posee maestría en Administración de Empresas con concentración en Contabilidad, de la Universidad Interamericana. Actualmente cursa estudios conducentes a la Maestría en Creación Literaria en la Universidad del Sagrado Corazón. Trabaja como contadora-auditora en la Corporación del Fondo del Seguro del Estado, desde hace 16 años. Allí conoció el sindicalismo, del cual es una ferviente defensora.

Andrés O'Neill (Guaynabo, Puerto Rico, 1967). Periodista automotriz por los pasados 16 años. Es miembro fundador del diario Primera Hora para el cual ha escrito desde 1997. Además de una revista semanal de autos, publica una columna de tecnología, edita una revista de aceleración y mantiene un blog en la versión cibernética del periódico. También ha trabajado en radio y televisión y fuera de la Isla, ha escrito para el diario *The Detroit News* y otros de habla hispana en varias ciudades de Estados Unidos.

Luccia Reverón (Santurce, Puerto Rico). Desde muy pequeña demostró interés por el arte, pero en su juventud se vio precisada a cursar estudios en comercio. Obtuvo su Bachillerado en Administración de Empresas. Posteriormente se graduó de una Maestría en Administración Pública, con especialidad en Administración y Política Financiera de la Universidad de Puerto Rico. Actualmente trabaja en su tesis para obtener la Maestría en Creación Literaria, con especialidad en Narrativa, de la Universidad del Sagrado Corazón.